ガジュマルの樹の下で

野里征彦

本の泉社

ガジュマルの樹の下で◇目次

カバー画・宮良瑛子「哭」

ガジュマルの樹の下で

序章

　どうやら地獄の一丁目からは這い出ることが出来たのらしいと、本当に実感できるようになったのは、屋嘉部の収容所に連れて来られてから四、五日経ってからだった。というのもそれまで沖縄の住人たちは日本軍から、米英は野蛮な鬼畜生で捕まれば女は凌辱され男は局所を切り落とされたあげく八つ裂きにされるとか、地べたに並べておいて戦車で轢き殺されるだとか、あるいは壁際に並べて立たせて試し撃ちの標的にされるなどということを、さんざん聞かされていたからだった。

　ところがいざ米軍の捕虜になってみると様子はまったく違っていた。収容所に来てからテルマが直ちにやられたことと言えば、素っ裸にされて身体を消毒され新しい被服を支給されたことだった。それから左肩のすぐ下の上腕に銃弾で受けた傷の手当をしてもらった。しかもその傷は壕《がま》から出て投降するときに、背後から日本軍に撃たれた銃創だった。

　すでに血が固まって黒くなっていた裂傷を、ロイド目がねをかけた背の高いアメリカ兵が消毒液で丹念に拭いたのち、釣り針のような曲がった針に糸を通して丁寧に縫合してくれた。その後に塗り薬を塗布して新しい包帯まで巻いてくれた。包帯の白さが、しばらくぶりで出会う何かとても新鮮なものに思えて、ひどく目にまぶしかったことを今でも覚えている。手当してくれた兵隊が慣れた手つきだったことから考えると、軍医かベテランの看護兵だったに違いない。

その時テルマが思ったことは、殺すつもりならわざわざ傷の手当なんかしてはくれないだろうということだった。それと彼らにとっては祖国から遠く離れた出先の戦場であるにもかかわらず、自分のようなちっぽけな捕虜に真新しい包帯をこんなに惜しげもなく贅沢に巻いてくれるアメリカという国は、なんという裕福な国なんだろうということだった。

手当が終わるとそのアメリカ兵は、緊張とまだ引き摺っている恐怖心からかすかに身を震わせているテルマの肩を軽く叩いて、「ドンワリイ」とやさしく微笑《ほほえ》んでさえ見せた。沖縄で戦争が始まってから、初めて目にする笑顔であったような気がした。その途端にテルマは、今まで鎧《よろい》のように身にまとっていた何か硬直したものが、いきなりすうっと抜け落ちて、気を失いそうになったことを覚えている。

収容所に連れて来られてから、少し経って思ったことがある。それまで『鉄血勤皇隊』などと意気込んで、いっぱしの兵隊のつもりで敵の捕虜になってしまったことを悔い、しばらくは身構えてさえいた自分が、ひどく滑稽に思えてきたことだ。

だが坊主頭の童顔で、瘦せこけて彼らの肩までも背丈のないテルマは、アメリカ兵の目にはどこからどう見てもただの少年としか映らなかったに違いない。その証拠に、捕虜になった他の兵隊たちは別の場所に分けて収容されており、テルマは一般の住民と一緒の、ただの収容者としての扱いでしかなかった。

日本兵たちが収容されているところは一般の収容者が居る場所とは違って見張りも厳しく、脱走を試みてアメリカ兵に撃ち殺される者も少なく無いということだった。

夜中に時々、近くで鳴り響く銃声をテルマたちは不気味な思いで聞いた。

だがつい数日前まではこの自分も、紛れもなく両肩に死の影を纏わりつかせながら、干上がった泥の中のナマズのように地べたを這いずり回っていたのだ。

その時はまさか自分に、こんな奇跡のような瞬間が訪れるなどとは、本当に夢にも思わなかったのだ。まるで地獄から蜘蛛の糸で釣りあげられるように、あっという間に状況が百八十度も変転してしまった。

こんな体験に巡り合うのも、やはり生きていればこそなのだとテルマは、いまだに夢の中を彷徨《さまよ》っているような気分が抜けていない自分に、覚醒させるように言い聞かせた。

よく言われることだが戦場での生と死は、ほとんど紙一重の差で決まってしまう。テルマの場合でも今自分がこうして生きているのには何の必然性もない。行き当たりばったりの運のようなものだとしか言いようがない。紙一重というのは、まったくその通りだと思う。現にテルマと二メートルと離れていないところを走っていた仲間の勤皇隊員がいきなり銃弾に倒れたり、他の同僚が至近で爆風に吹き飛ばされたりして次々と死んでいったのに、なぜか自分だけがこうしていまだにしぶとく生き残っている。そのことの因果関係を納得できるように説明できる人間なんて世界中のどこにもいないだろう。ただひとつだけ言えることは、今こうして自分が生きながらえているのは、杉村少尉の賭《か》けが当ったということだった。

賭けと言って悪ければ杉村少尉の情況を見通す理性のお蔭だということだ。少尉は沖縄南端の山城の壕の中で、テルマにこう言ったのだ。

「いいかテルマ、わたしの言う事をよく聞け。このままこの壕にいるということは、数分後か数十分後かには確実に死を迎えるということだ。もしどこかにわずかでも生きる希望があるとしたら、それは今すぐここから外に出ていくしかない」

壕の中ではまさに刀折れ矢尽きたという状態の兵隊たちが、暗闇の中でさらに暗闇を見据えようとでもしているように、鋭いぎらぎらした目をしてうずくまっていた。すでに戦う気力もなく、迫りくる死の影に目だけを臆病的に光らせながら、ただじっと息を潜めているのだ。負傷して今しがたまで呻き声を上げていた兵隊も今は皆固唾を飲む思いで、声を押し殺している。

そのために誰が重症で誰が死にかけているのかの判別さえつかなくなっているのだ。いやすでにもう死んでいた兵隊も何人も居たに違いない。

だが壕の入り口付近では数名の兵士と下士官が、追い詰められて牙を剥いている野犬のような表情をして、まだ気丈に頑張っている。

投降するなどということは思いもよらない情況だったのだ。だが戦闘を交えるだけの気力も弾薬の備えもすでになく、ただ自決の時を定めるためだけに敵の出方を窺っているというに過ぎなかった。

壕の中にあるのは凄まじい死臭と、のしかかるほどの絶望だけだったのだ。

杉村少尉が声を潜めることもなくテルマに投降を促したのは、そんな情況の中でだった。

壕の外ではいっとき砲弾の音が止んで代わりに戦車のキャタピラがガタン、ガタタン、ガタタタンと砂利を踏みしだきながら近くを走り廻る音がしていた。少尉の言葉を聞くまでもなく、数分後には確実にアメリカ軍の『馬乗り攻撃』が始まるということは、誰にも充分に分かっていた。

頭上ではキャタピラの音と交わるようにして、先ほどから拡声器の音が悪魔の声のように鳴り響いていたのだ。拡声器の声は明瞭な日本語で、

「あと十分後にコウゲキを開始します。いまのうちに直ちにドウクツから出て来なさい。トウコウする人間はホゴします」

と繰り返していた。

ここに至るまでにアメリカ軍はすでに投降を呼びかける数万枚のビラを上空から撒いていた。それによるとアメリカ軍の降服の勧告を、守備軍の牛島司令官は完全に拒否したということだった。

そのことは沖縄の全ての日本人を破滅に導く自分勝手な考えであるから、他の兵はそんな決定に従わずに自分の命を護るために降服すべきだというものだった。

だが牛島司令官の意図はともかく、兵士たちと同様テルマにも、投降しようとする気持ちは微塵《みじん》もなかった。ここまで来る間に数えきれないほど多くの兵士や同僚や住民が亡くなるのを目にして来ていたし、テルマ自身も死とはすぐ隣り合わせで歩んで来たのであったから、もはや投降を条件に生を得たいという心境にはなかったのだ。

投降してアメリカ兵に捕まるということは、むしろ此処で死を待つより恐ろしいことのように思えていたのだった。それはテルマに限ったことではなく、壕に居る日本兵みなの気持ちだった。

アメリカ軍は総攻撃をかける前に、投降を決意するため一時間の猶予を与えるとして、銃砲の発砲を一時的に停止していた。それからすでに三十分以上の時間が経過している。

決断をしかねてぐずぐずしているテルマに、杉村少尉はなおも叱責するように言った。

「いいかテルマ、これは賭けだ。どのみち死ぬしか道がないのなら、少しでも望みのありそうな方に賭けてみようじゃないか」

「だって、それじゃ少尉どのは、どうされるんです」

「わたしはどうあがいても日本軍の兵士だ。懐疑的な兵士だが国に抗《あらが》う勇気もなく、惰性でここまで来てしまった。いまさら自分だけ助かろうなんて思わん。しかもここに、敵には絶対に渡されぬ暗号表が入っている。だから捕虜になる訳にはいかんのだ」

少尉は自分の頭を指差し次に自分の胸のポケットを叩いて見せながら、傍に居る兵隊たちにわざと聞こえるように言った。

それは周りの兵隊たちを納得させるための或る種の威嚇と偽装で、テルマを投降させるための少尉なりの計算だったということが、今のテルマにはとてもよく分かる。

「だが君はどうみても正規の兵士には見えない。いくら二等兵だと虚勢を張ってみても所詮まだ子どもだ」

少尉は周囲の兵たちにも聞こえるように、なおも言い募った。

「どのみち死ぬ運命なら、ここで生きるか死ぬかの賭けをしてみるのも面白いじゃないか。もし万が一にでも生き延びることが出来たなら、どうかわたしたちの分まで生きてくれ」

わたしたちと複数形で言うことで少尉は、周りの兵たちのわずかな希望をも、自分に託したのだ。言い終わると少尉は、これまで自分が杖にしてきた棒切れに背嚢の中から出した白い綿布を旗のように結わえつけ始めた。結わえ終わると、

「テルマ、来い」

と言って立ち上がり、片足を引き摺りながら有無を言わさぬように壕の入り口に向かって歩き始めた。

「少尉どの、何をする気ですか」

壕の入り口付近で、歩哨に立っていた兵隊の一人が言った。星ひとつの襟章を付けているところを見ると伍長か何かの下士官らしかった。

「この子は民間人で、しかもまだ少年です。ここから出してやろうと思います」

「壕から出たら、たちまち蜂の巣ですよ」

「蜂の巣になるかどうか、試してみましょう」

杉村少尉は、わざと投げやりに言った。少尉の縁取りの付いた金筋入りの階級章に目をやった伍長は、それ以上は何も言わなかった。

そのときテルマには杉村少尉の気持ちが痛いほど分かった。ほんとうに助けたいという気持ちがなかったら、わざわざ壕から追い出す必要など何もないのだ。黙っていても数時間、いや数分後には確実に皆が死ぬことになるのだから。もし助かる確率がわずかでもあるとしたら、やはりそれは壕から出て投降することしかなかったのだ。

負傷した右足を引き摺りながらようやくの思いでここまでたどり着いた杉村少尉は、もはやここが自分の死に場所と決めているのだ。そしてわずかの可能性でもあるのなら、そっちへテルマを追い立てたいと真剣に願っているのだ。もしかしたら自分の生きたいという願いを、無意識のうちにテルマに託したのかも知れなかった。

そのときふいにテルマの脳裏に、陸軍病院の壕《がま》の中でアングヮー（姉）の栄子の言った言葉が思い出された。アングヮーはこう言ったのだ。

「テルマ、いいかい、絶対に死のうなんて気を起こしちゃいけないよ。何があっても、たとえ卑怯だと言われても、最後の最後まで生き抜くんだよ」

そのアングヮーはもはや生きてはおるまい。いっとき言い知れぬ悲しみが、恐怖を押しのけて身体の底から湧き上がってきた。そしていきなりアングヮーに背中を押されたような気がした。

どのみち死ぬ運命ならば、このままこの穴倉で残された時間を過ごすよりも、最後の一瞬に新しい体験をひとつ付け加えて見るのも興味深いことではないか。

ここは一番、少尉の賭けに乗ってみるのも面白い。

切羽詰った特殊な情況によるものであろうか、これまでの牢固とした考えを打ち破るようにして、ふいにそんな考えが湧き上がってきた。しかも確実に一つの意志をもって、それはテルマの身体を支配するように脳裏に湧き出たのだった。

次の瞬間テルマは、少尉が作った白旗を摑んで、泣きながら壕の外に走り出ていた。あのとき少尉の勧めに逆らうことだって出来たはずだった。壕から出れば助かるなどという確信は、テルマには無かった。それにも拘わらず少尉の勧めに従ってみようという気持ちになったのは、これはもはや神さえも誂《あつら》えることの出来ない、気まぐれな運命のしわざだとしか言いようがない。

もっともそうしたことは戦場の熱《ほとぼ》りがようやくかげりを帯びてきた、ずっと後になってからしみじみと思ったことだった。

☆

壕の外に飛び出すと辺りに降り注いでいる夥しい陽光に目を射られた。目が慣れるとすぐ前方にアメリカ軍のＭ１とかＭ４とかの大型戦車がずらりと列をなして並んでいるのが見えた。その背後には機銃を抱えた無数のアメリカ兵が蠢いている。テルマはその光景を見ただけで身体中がわなわなとした震えに包まれ、足元がおぼつかなくなるのを意識した。

ふと横の方に目をやると、あちこちの洞窟や岩の陰から、住民とみられる人たちが白旗をかざしながらぞろぞろと出て来ていた。中には小さな女の子がたった一人で両手をあげ、泣きべそをかきながら歩いているのも見えた。

テルマはなんとか気力を奮い立たせると、白旗を高くかかげながら歩きはじめた。

テルマの目に、背後の隊列のずっと前の方で先端に火炎放射機を装着した数台の戦車が、今にも洞窟に向けて火炎を放射せんというばかりに走り回っている姿が見えた。その背後には、やはり自動小銃を抱えた夥しい数のアメリカ兵が立ち並んでいる。敵は驚くほど間近かにいたのだった。

ふと洞窟に残っている少尉たちが気になって後ろを振り向くと、すでに壕の上には数十人のアメリカ兵が機銃を構えながら蠢いていて、蟻の這い出る隙間もない。日本軍はもはや絶体絶命の状況だったのだ。

頭上からのしかかってくるほどの恐怖に震えながらそろそろと敵陣に近づいて行ったテルマに、戦車の背後にいたアメリカ兵が数人、いきなり前に飛び出してきて、こっちに銃口を向けながら何事かを大声で叫んでいた。

途端に戦慄が骨の髄までを震わせた。ここに至るまでの修羅場の中でも格別の、粟立つような恐怖だった。

ふと「ストップ、ストップ」と言うような声が耳に入った。そのときテルマに、はっと思い当ることがあった。自分は戦闘帽をかぶり曲がりなりにも兵隊の恰好をしているのだ。アメリカ兵はきっとテルマが懐に手りゅう弾を掻き抱いていて、自分たちの陣地に入った途端に自爆攻撃をするかもしれないと疑っているのに違いない。

とっさにテルマはその意志がないことを示すために、戦闘帽を投げ捨て、両手を上にあげた。背後でバンという一発の銃声が鳴り響いたのはその時だった。テルマは、左肩から腕の辺りに、ふいに焼けるような熱さを感じた。

熱さはすぐ身体中に広がり、立っておれないほどの痛みと同時に急速に気力が薄らいでいくのが感じられた。そのままその場にくずおれながら、意識が遠のいていく中で「背後から味方に撃たれた」と思った。

どのぐらいの時間が経っていたのだろう。テルマはてっきり自分は死んで、あの世へと続く幽界をさまよっているのだと思った。だが焼けるような肩の痛みと、ごとごとと身体が下から突き上げられるような振動を覚えて、徐々に正気が戻ってきた。ふっと我にかえったときは米軍の小型軌道車に乗せられ、後方に運ばれていく途中だった。

軌道車には自分の他にも大勢の住人たちが乗っており、皆一様に不安に満ちた表情を浮かべていた。

第一部　鉄の暴風の中で

鉄血勤皇隊

杉村少尉との出会いはまさに戦場での一期一会というべきものであった。だが少尉との邂逅に至るまでのテルマ自身の経緯について話さない訳にはいかない。

テルマは豊見城《とみぐすく》の長堂《ながどう》というところにあるサトウキビ農家の二男に生まれた。豊見城は那覇の南隣だが、長堂は個数五十戸あまりの小さな農村地帯で、サトウキビを主に作っている。八歳年上のアフィー（兄）は近くの『我那覇商会』に勤めており、三歳上のアングヮー（姉）は那覇の病院の看護婦をしている。テルマの下に十二歳になる弟と六歳の妹がいる。ウスメー（祖父）とハーメー（祖母）も健在で両親と合わせると全部で九人の大家族だが、看護婦のアングヮーは病院の宿舎に居るため家にいるのは八人である。家は九反歩ほどのサトウキビ畑と他に三反の蔬菜畑をもっており、決して裕福という訳ではないが長堂では中農ていどの、まあまあの暮らしを送れているとテルマは思っている。

そうそう肝心のテルマの名前だが、テルマは長堂輝麻という沖縄第一中学の四年生である。長堂《ながどう》は地名だがテルマの場合はチョウドウと読む。長堂輝麻だ。友だちの間ではカタカナの「テルマ」で通っている。沖縄では明治時代に廃藩置県をする際に琉球処分というものがあり、その折にわかに姓を名乗った者がほとんどだったので、自分が住んでいる地名をそのまま名前にくっつけて姓にした人が多い。

長堂家の農作業は勤めに出ているアフィーと病院の寮にいるアングヮーを除いた七人が全員でやっている。そのころテルマは県立一中の寮に入っていたが、サトウキビの忙しい時期には学校を休んで家の手伝いをした。サトウキビは植えつけと取り入れの時期には人手がいくらあっても足りないので、テルマはもちろんのこと、国民学校六年生だった弟の邦人《くにひと》も立派な一人前の労力として扱われていた。

長堂家ではサトウキビの植え付けも刈り入れもまたその絞り方も、家族のほかにテルマの父の兄弟や母方の兄弟まで一族総出でやった。サトウキビの作業は人手が要るため一族でなくても、農家同士や村単位でサーターグミ（砂糖組）を作って、共同でやっているところがほとんどだった。サトウキビの植え付けは長いサトウキビの茎を短く切ったものを畝に横に埋めていくだけの単純な作業だが、一本の苗（茎を切ったもの）に節が二つずつ入るように切っていく。

節を二つ入れて切り、植え付けると芽が二本出てくるからだ。節の部分をとると後に短い節のない部分が残る。これはコールー小《ぐゎ》といって柔らかく甘いのでお茶うけにしたり、なにより子どもたちのおやつに最適で、これを握って齧《かじ》っているのが六歳になる妹の真咲《まさ》子《こ》の一日中の仕事だった。

真咲子はおしゃまで愛らしく、「マーちゃん、マーちゃん」と皆に可愛がられていた。みなの間をただ無心に跳ね回って居るだけで、作業にいそしむ大人たちの心をなごませた。

苗を運んだり、馬の飼葉を刈ったりするのは国民学校六年生になった弟の邦人の仕事だが、近ごろ少し生意気になって、釣りや農作業などで四歳上の兄のテルマと張り合うようになっている。

釣りでは釣竿にするチンブクダキ（竹）で少しでもテルマより良いものを欲しがり、長くて握り具合がよく先端の細くしなったものをと懸命に竹藪を漁る。

そしてミジュン（イワシの仲間）釣りなどでは、アフィーより一匹でも多く釣ろうとして目の色を変え、せわしなく場所を変えるのがテルマにはおかしかった。

馬はサーター屋でサトウキビを搾るのに欠かせない動力なので飼葉刈と馬の世話は邦人の大事な仕事だった。サーター屋というのはサトウキビ農家がサトウキビを搾ってサトウをつくるために共同で造った簡易な製糖場である。小屋の真ん中あたりに据え付けたサーターグルマの軸木を馬に引かせて回し、ローターの間にサトウキビを挟み込んでやって汁を搾った。サーター屋には他に一番釜から四番釜までが連なった長い焚口の付いた釜があり、その釜で絞った汁に石灰を入れて煮詰める。

燃料は汁を搾ったあとのサトウキビの茎で、火は一日中燃やし続けられた。その煮凝りを貰うのが子どもたちにとっては一番の楽しみであったが、これはなかなか貰えなかった。

長男の徹仁が勤めている『我那覇商会』というのはサトウキビ農家向けの樽や肥料の販売の他にキビ農家の委託を受けてサトウの貯蔵から販売、資金の貸し出しなどを手広くやっている会社だった。徹仁は営業マンだが農家の相談に親身になって打ち込んでくれるところから、農家からも会社側からも厚い信望があった。長堂家でも子どもたちはもちろんのこと、スー（父）やアンマー（母）からも頼りにされる存在だった。

アングヮーの栄子は容姿が美しいだけでなく芯が強くて心も優しく、たまの休みに家に帰ってくるときは弟や妹ばかりではなく、祖父母にまで何か喜びそうなみやげを買ってきてくれた。そのため皆が栄子の帰りを楽しみにして待っているのだった。明るく気配りの効く人柄は家族中から愛されて、長堂家の太陽のような存在であった。

サトウキビ作りの農作業は、まだ子どものテルマたちにとっては決して楽なものではなかったが大人たちは優しく、ガジュマルの高木の下やクワデイシの林の陰でモチやふかし芋を食べながらお茶にするひと時は、子どもたちにとっても楽しいものだった。内地の人たちは沖縄はひどく暑いところのように思っているらしいが、海からの風があるため真夏でも三十二度を超えることは滅多になく、逆に一月でも平均気温が十七度以上あるので、台風さえやり過ごしてしまえば総じて過ごしやすいところだと言えるだろう。

それに沖縄のいいところは海にめぐまれた豊かな自然と、何と言ってもゆったりとした時間が流れていく平和なところだ。沖縄は琉球王朝の昔から中国とも日本とも平和的にうまくやってきた。元来、争いが嫌いでのんびりした民族なのだ。だがそれも明治の琉球処分で、ほとんど強制的に日本の領土に組み入れられるまでのことだった。

「琉球処分」というのは明治八年の初めに琉球王朝から使節を出させて東京に呼びつけ、また日本からは内務大臣の松田道之が琉球に派遣されて、これまで琉球と清国との間にあった交流を強制的に断絶させ、琉球を正式に日本領にするために廃藩置県を申し渡して沖縄県とした。

さらに明治十二年には武力を背景に首里城を明け渡させ、名実ともに琉球王朝を衰亡させた。これら一連の事件のことを「琉球処分」と呼んでいる。もっとも「琉球処分」以前の藩政時代から琉球は薩摩藩の干渉を受けてきたし、琉球を日本の統一国家に組み入れるのは明治政府の最初からの計画であった。したがって日本政府は清国との間で、琉球は日本国の領土であることをはっきりと認めさせる必要があった。そのため廃藩置県より前の明治五年に琉球は琉球藩とされ、琉球の国王は琉球藩主とするという措置がとられていたのだった。

琉球王国が沖縄県になってから、平和な沖縄の伝統や民族文化が片っ端から否定されていった。

言葉もウチナーグチ（琉球語）からヤマトゥグチ（日本語）に替える方針が徹底され、教育の普及と一体のものとして皇民文化と軍国主義教育がうむを言わさぬ形で本土から押し付けられた。

このような沖縄の悲運の歴史を、陰でこっそり教える教師もいない訳ではなかったが、物心ついたときから皇民化教育を受けてきたテルマたちにとっては、むしろそっちの方が当り前のこととして身についてきたのだった。もっとも一方でそれは、古き良き沖縄を知っている大人たちの中で育ってきている沖縄の子どもたちにとって、内地の子どもほどに強固なものであったかどうかは疑わしいところもあるのだが。

☆

沖縄本島が最初の大空襲を受けたのは、昭和十九年十月十日の未明のことだった。

その日水平線のかなたから金色の朝日が顔を出し始めたころ、その金色の光を背に東南の方角から黒雲が湧きだすように、いきなりグラマンの編隊が姿を現した。それまでさほどの警戒心もなく周辺の空に目を配っていた対空監視隊の隊員たちは、あわてて司令部に伝令を走らせた。

だが伝令が司令部に行き着く前にグラマンの編隊は監視隊員たちの目の前で滝のように

急降下をし、まず初めに北の飛行場を爆撃した。編隊はあらかじめ打ち合わせしてきたものらしく飛行場の端から端までまんべんなくつぎつぎと爆弾を投下していった。

編隊が機首を変えて旋回し那覇の市街地を爆撃し出したころには、守備軍の兵隊と沖縄の住民たちが不眠不休で作った飛行場はいたるところ穴だらけにされ、使用が不可能になるほど破壊された。軍需物資を積み上げてあった場内の各所は、手のほどこしようがないほどに火炎が燃えさかっていた。

司令部はあわてて戦闘命令を出したが予期せぬ空襲であったために、高射砲はなかなか弾着が決まらず、弾はむなしくにグラマンの後方にだけ打ち上げられる始末であった。その外は何の応戦をすることも出来なかったのである。

この攻撃により日本軍は兵、四百六十人の死傷者を出し、三十五機の飛行機が破壊され、輸送船が十隻撃沈された。

十月十日の米軍の攻撃はまた、那覇港に停泊中のほとんどの船舶を破壊し、地上に格納されていた夥しい数の兵器や弾薬、車両や糧秣をも破壊し尽した。

市民の死者は九百七十人、負傷者は約五百人でそのうえ家や食糧や衣料などの殆どを焼失して、那覇の町は二度と立ち直りが不可能に思えるほどの壊滅状態となった。

守備軍はこの襲撃をまったく予想していなかったばかりでなく、いざという場合の備えもしていなかったために、この後幾人かの武官がその責任を問われて処分された。

その後のアメリカ軍は、沖縄本島だけでなく奄美や宮古島、八重山などにも艦船や艦載機などによる切れ間のない爆撃を加え始めた。

年が明けて昭和二十年になるとアメリカ軍は、正月早々から沖縄本島に狙いを定めて、いよいよ熾烈な爆撃を加えるようになった。皇民化教育と竹槍の訓練に明け暮れながら皇軍の優勢を信じて疑わなかった沖縄の人々も、事ここに至ってさすがに動揺しない訳にはいかなくなった。

☆

そのころのテルマたちは、授業といっても一昨年の半ばごろからは授業の半分以上が勤労奉仕で、食糧増産のために近くの農家へ行ってイモの植え付けだのサトウキビ刈りなどの手伝いをするのが主となっていた。去年からは校舎そのものが軍に接収されてしまい、学習はまったく無くなった。下級生や遠方からの通学生は自宅待機、上級生や寮生はもっぱら飛行場の滑走路作りや軍の陣地壕を掘る作業に動員されるようになっていた。

飛行場は読谷《よみたん》の北飛行場と嘉手納の中飛行場、那覇の小禄飛行場で、これらの飛行場はアメリカの艦船を迎え撃つゼロ戦の発進基地になるということだった。だが敵に奪われると逆に本土攻撃の前進基地にされてしまうということで、文字通りこの戦争の趨勢を決める最後の重要な施設だという触れ込みだった。

戦局が切迫しているためか飛行場建設はことのほか完成を急いでいる様子で、終いには年寄りから小学生までが動員されるようになり、文字通り島ぐるみ総動員で工事に当った。その一方で学生たちは自分たちの退避壕も掘らなければならず、その作業は勤労奉仕の終わった夕方から夜にかけてやらざるを得なかった。

テルマの通う沖縄第一中学の退避壕は首里城の南西の斜面に三か所掘ったが、それは学校に駐屯している第五砲兵司令部と共有のもので、退避壕というよりは戦闘のための陣地にもなる広い壕だった。元来沖縄には自然にできた鍾乳洞窟が沢山あったが、アメリカ軍を迎え撃つためにはそれだけでは充分ではないらしく、守備軍は兵隊と住民を総動員して島のいたる所にそのような洞窟を掘らせた。

一中に駐屯している第五砲兵隊というのは、もともとは関東軍に所属し満州でソ連との対戦を想定して編成された関東軍秘蔵の隊だとテルマたちは聞かされている。

砲兵隊の司令官は和田幸助という中将で、日本陸軍きっての砲兵術の権威だという噂で、十五センチ砲二百門を従えて急きょ沖縄防衛のために派遣されてきたということだった。その話を聞いたとき当初テルマたちはとても頼もしく思い、大本営は本気で自分たちの沖縄を守るつもりなのだと大いに気を強くしたものであった。

壕の前にはテルマたちが暮らしていた一中の養秀寮があり、テルマたちは普段はそこで寝泊りしていた。校舎はすでに軍に接収されており三月に「国民勤労動員令」が公布されて以来、テルマたちの毎日は飛行場や軍の陣地壕を作る土木作業がもっぱらの仕事だった。首里城の周辺には、一中の壕のほかに物見台付近の地下には沖縄師範の壕があったし、城の地下には守備軍の司令部の壕があった。沖縄師範の壕のことを師範の生徒たちは『留魂壕』と呼んでいた。何かの折にテルマが師範の生徒と一緒になったときにその意味を訊ねると、安政の大獄で処刑された吉田松陰が死の直前に書いた、「身はたとひ武蔵の野辺に朽ちぬとも、留め置かまし大和魂」という一文にちなんだものだということだった。志操に殉ずる武士の志しを示した、いい言葉だと思うとそのとき彼は誇らしげに語った。

命名したのは師範学校のさる上級教諭らしいが、その大和魂を説いた当の本人が、戦局が日に日に厳しくなり、沖縄決戦が避けられない情況だということが明らかになってくると、「出張」だと偽って、さっさと本土に逃げ帰ってしまったのだった。

彼に限らずその頃には、そういう内地人が結構居た。

飛行場の整備や軍の壕を掘るために、大人たちに交じって来る日も来る日もモッコを担いで土砂を運ぶのがテルマたち学生の日課となっていた。

仕事に切れ目はなかったが、その日の現場の情況によっては作業の合間合間に、時には白比川の岸辺で、またある時には安里川の川水で汗を流しながら級友と語り合うひと時だけが、この頃のテルマたちの何よりの楽しみとなっていた。

連日の穴掘り作業で疲れた身体を引き摺るようにしてテルマが、歩哨を交代しに行った時のことだった。首里城の西にある見張り台に登って行くとすでに数人の教官や学友たちが配属将校を囲むようにして海の方を睨んでいる。皆の雰囲気になんとなく尋常でないものを感じて、ふと沖合に寝ぼけ眼を向けたテルマは、とたんに肌が泡立つような恐怖を覚えた。

大嶺崎から読谷の残波岬にかけての沖合に、というよりも東シナ海一面に、無数のアメリカの艦船が浮かんでいるではないか。震えながら目を凝らすと、砲艦や巡洋艦、駆逐艦、掃海艇、魚雷艇などの艦船が浪間も見えないほどびっしりと目の前の海を埋め尽くしているのだ。黒々とした艦隊のはるか沖合の朝もやの中に、ひときわ大きく浮かんで見えるのは空母だろう。

「どうやら敵さんは、太平洋の戦力をみな掻き集めてきたみたいだな」

しゃがれた声でそういった将校の声は、あきらかに震えを帯びていた。

「それにしてもこの艦隊は尋常じゃない。やはり敵さんにとっても、沖縄が天王山と位置付けているんでしょうな」

教官が半ば途方に暮れたように言った。だが誰も、それ以上声を出す者は居なかった。

☆

「つい先日、親父と木乃原中尉の話を聞いたんだがな。三十二軍は今、員数合わせに必死らしいぞ」

級友の比嘉《ひが》がテルマや伊計《いけ》などにそんな話をしたのは、首里城からの帰り道でのことだった。

「員数合わせってなんだ。なんでそれに必死なんだ」

疑念を露わにしてテルマが問うと、

「去年の十一月に大本営の命令でな。虎の子の第九師団を台湾に移転させられてしまっただろう。それで兵隊が足りなくなってしまったんだ」

と比嘉は、秘密を打ち明けるように言った。

「大本営は何だってまた、沖縄の兵力を減らすようなことをしたんだ。去年の十月に那覇が空爆でやられ、今年に入ってもなおいっそう激しい爆撃が続いているじゃないか。島の周りにはあれほどの艦船が押し寄せているし、いつアメリカ軍が上陸してもおかしくない情況じゃないのか」

誰もが心の中で漠然と思っていることを、伊計が明確な言葉にした。

「ここのところ南方で負け戦が続いているだろう。それを挽回するために台湾から大量の兵を比島に送ったんだ。そのため今度は台湾が手薄になったもんで、第九師団はその穴埋めに送られたらしい」

第九師団が沖縄守備軍の中心的な戦力であることはテルマたちも知っていた。

「だが沖縄の守備軍まで送らなければならないほど日本軍は、そんなに負け戦が続いているのか」

伊計が驚いたように言った。伊計が驚くのも無理はなかった。これまで一般の住民が聞かされているのは連戦連勝の景気のいい話ばかりだったのだ。だがここに来てから大本営は、にわかにサイパンやグアムなどの玉砕の情報も発表するようになっていた。

「それじゃ米軍は、比島の次は台湾に攻めて来るのか」

「分からんが、いずれ九師団の引き抜きで手薄になった沖縄守備軍の穴埋めに、住民やおれたち学生までが動員されるということらしい」

なんだかひどく心細い気の重くなるような話だった。戦局はすでに何の戦闘訓練も受けていない一般住民や自分のような中学生までをも召集しなければならないほど、逼迫しているのだろうかと、思わずテルマは背筋が寒くなるような思いに囚われた。

「精鋭の第九師団がいなくなったもんで、三十二軍（守備軍）は作戦を大幅に変えなければならなくなったんだそうだ」

「どう変えるんだ」

「これまでは上陸しようとする敵を、水際で迎え撃つ作戦だったんだ。水際で叩くのが敵に一番大きな打撃を与える戦闘の基本らしいんだ。だが虎の子の九師団を引き抜かれてしまったために、肝心のその水際作戦が出来なくなってしまったらしい」

「それでどう変えるんだ」

伊計の問いに比嘉がどう返答するのか、ついテルマも固唾を呑む思いで聞き耳をたてていた。

「初めの計画では一個師団をアメリカが上陸しそうな場所に配置して水際で迎え撃つ。そこで仮に敗れるにしても敵さんにも相当の打撃を与えられる訳だ。弱った敵を後に控えた二個師団で徹底的に叩くという作戦だったらしい。ところが虎の子の九師団がいなくなったものだから、残る戦法は持久作戦しかない、ということなんだ」

比嘉は作戦参謀のような口調で言った。

「持久作戦て、なんだ」

伊計は意気込んで、なおも突っ込むように聞いた。

「つまり島に引き込んで、遊撃戦を展開するということらしい」

「遊撃戦で、あの大群を迎え撃つと言うのか。しかも空と海の両方から降り注ぐこの砲弾の嵐の中で、いったいどうやって戦うんだ」

伊計の声にはあたかも比嘉が日本軍の指揮官でもあるかのように、非難するような気配があった。だがそうした疑念は口にこそ出さないが誰の胸にもあった。

「砲撃だってまったく切れ間がないわけじゃない。昼間の間は壕にもぐっていて、夜になってから斬り込むんだ」

「そんなことで勝てるのか。壕に潜っている間に飛行場はみな占拠されてしまうんじゃないのか」

「もちろん飛行場は三十二軍の正規軍が守り通すだろう。第九師団をとられても守備軍にはまだ二十四師団や六十二師団が控えている。それに混成旅団や六十旅団だっている」

守備軍の司令部にも出入りしている木乃原中尉の情報に接しているだけに、比嘉の話には具体性があった。

「一中には第五砲兵隊がいるぞ。第五砲兵隊の司令官はコレヒドール攻略の北島中将に次ぐ日本軍きっての砲兵戦術の名人だということだ。第五砲兵隊には二百門の十五センチ砲があるんだもの、そう簡単に負けるわけがない」

比嘉に同調するというよりは、むしろ自分の不安を押し殺したい気持ちからテルマは、にわかに思いついたことを口にした。

第五砲兵隊はついこの間まではソ満国境で対ソ戦を想定した準備をしている最中であったが、陥落したサイパン、グアムの二の舞になることを怖れた大本営が、急きょ沖縄に転戦させたものだという噂を聞いていたのだった。

「テルマ君。狭い島に閉じ込められたような場所での砲二百門なんて、たいしたことはないんだよ。たった今見ただろう。東シナ海を埋めつくすような、あのアメリカの艦隊の数を。一つの戦艦に大砲が十門あるとしたって二十艦ですでに二百門だろう。ところがあの艦隊の数は駆逐艦まで合わせると二十や三十どころじゃないぜ。しかも戦艦は次々と押し寄せてきている。昨年十月の那覇の空襲を見たろう。艦載機だけで那覇が一日で灰になってしまったんだぜ。それに対して砲兵隊なんか何の役にもたたなかったじゃないか。こちらの大砲は敵さんの艦船までは届かないし、空からの攻撃には弱いんだよ」

比嘉の嗜虐性《しぎゃくせい》を帯びたような言葉は、いっそうテルマを怯えさせた。比嘉は配属将校と親しい教諭の息子というだけでなく、自らが軍事問題に深い興味を持っていた。そのため戦況には、驚くほどよく通じている。

「三十二軍の最大の任務は、沖縄の飛行場を守ることなんだろう」

伊計が話題を変えるように言った。

「そうなんだ。とくに北飛行場と中飛行場は死んでも敵に奪われてはいけない場所なんだ。あそこを奪われると沖縄は本格的な日本本土を爆撃するための基地にされてしまうんだ」

「それで員数合わせって、どういうことなんだ」

戦闘訓練もなにも受けていない住民や自分たちのような学生まで召集して、あの艦隊と闘わせようというのだろうか。そうした疑念が拭い去れずに、思わずテルマは口を挟んだ。

「分かってるだろう、そんなことは」

伊計が癇癪を起したように言う傍から、比嘉がどこかあざ笑うような口調で解説を試みる。

「足りない分の兵隊を、現地の住民で補うということだよ。すでにこの一月に三十二軍は、第二次の防衛召集をやっているじゃないか」

「防衛召集といえば聞こえはいいが、半ば強制的に集められるんだ。今度は四十五歳以上も対象になるんだろう」

「ああ、本土でも二月にはまた、学徒動員がかけられたようだしな」

比嘉はすでに自分たちの召集が確定されたもののように、冷静な口調に戻って言った。

日本本土では学徒を戦地に送ることはすでに一昨年から始められていた。だが南方戦線での相次ぐ玉砕のためそれでも兵士の数が足りなくなって、ついに昨年の十月には、日本全国の満十七歳以上の男子を兵役につかせる決定を下していた。

沖縄では緊迫した事態に備えるために、すでに四万人の住民が現地入隊をしていた。さらに一月の末には、満十七歳から四十五歳までの健康な男子に召集令状が出されている。それが今度は四十五歳以上にも召集がかけられるというのだ。それでは自分の父の徹衛なども召集されることになるのかとテルマは思った。

兄や姉をとられたうえこの自分も、毎日こうして戦争のための作業に従事しているというのに、まだ足りないというのか。しかもあの温厚で優しい父に、銃をとって敵と殺し合うなどということが出来るだろうか。

年寄り二人に母と幼い兄妹だけ残されたら、この先長堂家はどうなるんだろうか。テルマは自分の生活の大切な基盤が、根こそぎもぎ取られていくような、何かとてつもない困難が自分の人生に暗澹とのしかかって来ているような不安に陥った。

「十二歳の子どもまで通信兵や労務要員として動員されているんだ。沖縄は文字通り根こそぎ動員ということだな」

比嘉はクラスで一番の秀才で、何事をも冷静に判断できる頭脳の持ち主だった。一方の伊計もまた気は短いが頭は良く、他の生徒たちのように単純に皇民教育や軍国思想に染まってはいないようにテルマには見えた。その伊計と比嘉がいく分批判の気持ちをのぞかせながら、まるで大人のような会話をしている。これまで何の疑問も持たず、ただ皇国のためとばかり考えて学校や軍のやることに何の疑問も持たずに素直に従ってきたテルマは、自分は少し考えが幼いのかもしれないと、この頃思い始めている。

「台湾にいった第九師団は経験豊富な古参兵が中心の精鋭部隊だというじゃないか。それなのに鉄砲も満足に撃てないような現地のしろうとを集めて、本当に第九師団の代わりが務まるのかな。ましてあ、あの、ア、アメリカに、か、勝てるもんかな」

自分も少し大人ぶりたくなって、テルマが気持ちの中にひそむ懸念を正直に言うと二人とも黙ってしまった。つい今しがた見て来た、東シナ海を覆い尽くすかのような艦船の群れが、誰の脳裏をも占領していた。

テルマたちの会話がより現実の重みをもって実感されたのは、それから間もなくの三月の下旬のことであった。この頃にはアメリカの艦船は沖縄本島にむかって本格的な艦砲射撃を連日繰り返していたし、この二、三日前には座間味や渡嘉敷島に上陸し、すでに慶良間列島はアメリカ軍の手に落ちていた。

これらの島々で、どのように悲惨な情況が展開されたかは、この時のテルマたちには知る由もなかった。ただ島が敵の手に落ちたらしいことは、周囲の噂に耳をそばだてているだけでも分かった。沖縄本島の住民や守備軍は、いよいよアメリカ軍との正面からのたたかいが、現実のものとして間近かに迫っていることを、否応なく実感しない訳にはいかなかった。

その日の朝八時ごろ沖縄第一中学校の全校生が養秀寮前の中庭に集められ、三十二軍の司令部から来た将校が三年生以上の学生が『鉄血勤皇隊』という組織として軍に召集されたことを伝えた。

「沖縄県立第一中学校の三年生以上の生徒は、本日沖縄守備隊第三十二軍司令官の命により、全員鉄血勤皇隊の隊員として徴された。いまや敵の沖縄本島への上陸は必至であり、守備軍は日夜敵を迎え撃つ準備に懸命の努力を傾けている。諸君は全力を賭してこの軍に協力をし、一日も早く敵を殲滅し、気を付け！　畏れ多くも天皇陛下の大御心を安んじ奉るように、いまこの場で決意をかためねばならない。また郷土を守る責任は諸君一人一人の双肩にかかっており、鉄血勤皇隊員となったうえは、すべてを擲《なげう》って皇国の防衛に殉じなければならない」

司令部から来た将校は、その間もひっきりなしに響く砲弾の飛来する音や近くで炸裂する音に負けまいとするように、高声で怒鳴るように語った。

だがテルマたちにはそれがあまり意気の感じられない悲壮な響きに聞こえた。しかしついに来るべきものが来たという身震いのするような昂揚が、誰の心の中にも湧き起こっていた。

恐ろしいというのではなく、むしろ国家から一人前の男として認められたという誇りのような気持でさえあった。テルマが横を向くと同級で同じ寮にいる垣花《かきのはな》が、やったというように拳を目の前にかざしてみせた。

鉄血勤皇隊はその時すでに、三日ばかり前から県立第三中学や開南中学、県立農林学校などで次々に組織されていた。

鉄血勤皇隊は間もなく一中にも組織されると、皆が身構えていたのだった。だが実際にこうして司令部の将校の口から直に告げられると、その誇らしさと緊張感は並み大抵のものではなかった。それまでじぶんたちは子どもで、あくまで銃後の手伝いだという甘えの感覚がどこかにあった。だがこうして正規に召集を受けるということは、前線に立って軍と共に戦うということだ。テルマの脳裏には十月十日の大空襲いらい続いている敵の激しい砲撃や、飛行機による爆撃、それとの応戦や場合によっては銃剣を抱いて突撃さえ敢行しなければならないという勇猛な戦闘の場面が、濃霧を吹き払った街の景色のように、くっきりと浮かんで見えた。

ふとテルマは、兄の徹仁が赤紙をもらったときが、きっとこういう身震いのするような勇ましい心境だったに違いないと思った。

テルマの兄の徹人は、前年ミーニン（北風）にのってサシバ（タカの一種）がやってくる時期に赤紙がきて、鹿児島歩兵連隊に召集されて行った。テルマが勤労動員でモッコを担いでいた時で、兄を見送ることさえ出来なかった。その後の風の便りでは、兄の部隊は南方のガダルカナルに配属になったということだった。

テルマたちが新しい軍服と靴、略帽などを支給されたのはその日の午後のうちだった。

赤地に星ひとつの襟章と肩章をつけるとまるで将校にでもなったような気分になって、互いの姿を見てはしゃぎ合った。服装品とともに三八式の教練銃が一丁ずつ支給された。村田銃を改良したもので扱いやすかったが、三年生の中にはまだ十四歳の者もいて、銃が重すぎて行軍の演習のとき落伍しそうな者も少なくなかった。ともあれ装備一式を身につけると一人前の兵士として敵と闘えるような気分になって、嬉しさと同時に武者震いさえしてくる始末だった。十四歳から十七歳、史上最年少の兵士の誕生であった。

テルマたち沖縄一中の生徒の、四年生から五年生への進級が幻となったのは、戦局もいよいよ激しくなった昭和二十年の三月のことであった。時局は前年の夏に戦局悪化の責任をとって退陣した東条内閣に代わって成立した小磯内閣が、結局は戦局を立て直すことが出来ず四月には総辞職して、新たに鈴木貫太郎内閣に代わるという目まぐるしさだった。卒業式が行われたのはアメリカ軍の艦砲射撃がいよいよ激しくなってきた三月の二十七日、夜の八時ごろからだった。

一中の校庭には第五砲兵隊の三・七センチ速射砲や連隊砲、野戦重砲、高射砲などが擬装網で迷彩され所狭しと並べられてあり、残った場所は芋畑になっている。そのため卒業式は、寄宿舎の養秀寮の中庭で行わなければならなかった。この年から中学校は全国的に修業年限が五年から四年に短縮されていた。本来なら五年に進級予定だったテルマたち四年生も、この春卒業の五年生と同時に卒業となるため、二学年合同の卒業式となった。

卒業式が夜に行われたのは少しでも空襲を避けたいとの狙いで、照明も何もない暗闇での式であった。だが実際には校長が話している間にも艦砲射撃は間断なく続いており、一石樽ほどの大きさの火の玉が頭上をびゅんびゅん飛んでいき、いつ至近に落ちて炸裂するかと思うと気が気ではなかった。

校長の挨拶は短かった。それは出征する兵士に対しての激励と餞《はなむけ》の挨拶のようであった。

式は三十分もかからずに終わり、そのあと木乃原中尉の命令に従って鉄血勤皇隊の編成となった。三年生から五年生までの生徒は約百五十人ほどだったが、テルマは一中に駐屯していた第五砲兵隊の司令部に配属になり、寮の北側に掘られた一中壕で軍務につくことになった。

さらにまだ在学中の二年生まで召集されて通信隊に配属になり、速習で初歩的な通信技術を仕込まれた後、沖縄中部の各壕に散らばる通信隊の補助にあたることになった。二年生の中にはまだ十四歳にならない子どものような顔をした者もいたが、この先どういう事が待ち受けているのかも知らずに、いっぱしの兵士気取りではしゃいでいる者も少なくはなかった。

テルマたちがさらに野戦重砲兵第一連隊、独立重砲兵第一大隊、独立工兵第六十六大隊などにそれぞれ分散して配置されたのは、五月の中旬のことであった。

教職員たちも生徒と同じように振り分けられ、幾つもの部隊が根城にしている首里周辺の壕で、それぞれ軍務につくことになった。テルマは守礼門の南側にある第五砲兵隊司令部の指揮班に、同期の伊計や比嘉、垣花や呉島鐵男《くれしまてつお》などとともに配属になった。自分は体格も標準以下で体力もそんなになく、三八式歩兵銃を担いでの行進では何度も落伍しそうになっていたので、前線に出る戦闘部隊でなかったことにいくぶんほっとする思いがあった。割に仲のいい垣花や呉島と同じ所属だったこともテルマを励ましていた。

アメリカ軍上陸

テルマと杉村少尉とのいきさつにいたるまでには、なおこの気の遠くなるような三か月余りの地獄の日々のことに触れない訳にはいかない。

その頃になると大本営の勇ましい発表にもかかわらず連日の空襲や艦砲射撃により、誰の目にも日本軍の劣勢の様子が、現実のものとして分かるようになってきていた。

三月の末ごろになるとテルマたちの目にも嘉手納湾の沖合にまで迫って来たアメリカ艦隊の姿が、はっきりと見えるようになっていた。

その日、首里城の高みに登って歩哨の任務についていたテルマたちは、東シナ海の沖合を蟻の群れのように黒く染めている夥しい数のアメリカの艦隊を眺めていた。そのあまりの威容にテルマが抱いたのは、恐怖というよりは半ば感嘆のような気持ちに近かった。

間もなくあの艦隊と一戦を交えるなどという事が、とても現実のものには感じられなかった。

だがあの艦隊から降り注ぐ弾丸や爆撃機を相手にした苛烈な戦闘は、確実に間近に迫っているのだ。テルマは身震いするような気持で、必死に自分にそう言い聞かせた。

「あのアメリカ艦隊の背後を、南方から北上してくる我が連合艦隊が襲って、こっちの陸側からの攻撃と挟み撃ちだ。そこへゼロ戦が空から爆撃を加える」

皆が溜息を吐いているとふいに垣花が、意気込んだようにそう言った。

「馬鹿言うな、そんなに簡単にいくもんか」

と同期の呉島が吐き捨てるように言った。呉島はテルマや垣花よりも一回り体格がよく背も高かった。いつも反抗的な口を利く生徒だったが、頭の回転がはやく時々思いもつかないような鋭い洞察力を示してテルマたちを驚かせる男だった。

「ぼくが作戦参謀なら、そういう作戦をとるな」

垣花がむきになって言った。

「参謀なんてアホばっかりだよ。司令部の長参謀長なんか常に脇に女をはべらせて、朝っぱらからウィスキーを飲んで酔っ払っているっていうぞ。それに日本にはもうそれほど飛行機も戦艦も残っていないという話を聴いているぞ」

戦争を指導している参謀たちを簡単にアホ呼ばわりする鐵男に、テルマは不敬だとの批判の気持ちが湧くのを禁じ得なかった。

一方でテルマは、呉島の仮借のないものの言い方に何か新鮮で痛快な気分も感じていた。

だがまだ戦ってもいないうちから、もはや負け戦であるかのような言い方には少し腹も立った。

「鐵男君、君はいったいどこからそんな情報を聴きこんでくるんだい」

批判的な気分をのぞかせてテルマは呉島に聞いた。

「なに三十二軍の司令部付きになっている沖縄師範の勤皇隊に、仲のいいやつがいるんだ。司令部の様子なんか手に取るように分かるよ。それにな、情況を冷静に見ていれば比嘉でなくたって、ある程度のことは分かるんだよ。例えばこの目の前の艦隊があそこに姿を現してから三日も経つってのに、内地からも台湾の方からも一隻の軍艦も一機の戦闘機も支援に来ないじゃないか。敵は本土攻撃の基地にするためにこの沖縄を狙って、南方からぞくぞくとあの沖に集結してるんだぞ。その準備が整うのをただ手をこまねいて待っている必要がどこにあるんだ。沖縄がやられたら本土だって危ないんだぞ。こっちが攻撃を加えるなら上陸前の今しかないじゃないか。もしそんな戦力が残っているのならばだがな。ええ？　一体どういう作戦なんだ垣花参謀長どのよお」

テルマの問いに呉島は言下に応え、あまつさえねめつけるような目を垣花の方に振り向けた。呉島らしい捻くれたものの言い方だが、テルマには呉島の考えが自分や垣花なんかよりもよほど冷静に情況をつかんでいるように思えて、内心で感心していた。

「だが本土にはまだ戦艦大和があるだろう。大和は世界最強の戦艦だ。大和があるなら艦載機だって護衛艦だって相当あるはずだ」

垣花はまるで内心の不安を圧し殺そうとでもするように、むきになって言った。

「じゃあその大和はいったい、いつになったら出て来るんだ。いま出て来ないってことは、本土防衛のためにとっておくということなんじゃないのか。だいたいこの間の空爆に本土からは何の援護もなく、守備軍は何の有効な反撃も出来なかったじゃないか。まったくなっていないという事じゃないのか、こちらの構えはよお」

呉島の言葉にテルマは、今年一月の空爆と昨年十月十日の空爆を思い浮かべて暗然となった。

あの日のことは忘れようにも忘れられなかった。

「決戦はいよいよ間近に迫っている。いざその時になったなら、軍官民が一体となって、ひたすら敵を撃滅させるのみである」

守備軍司令部は住民や学生たちには日頃そのような大言壮語をして決意を促していた。だがいざとなった時のあの体たらくは、なんとしたことであろうか。いったい守備軍司令部は事前に敵襲を予知することは出来なかったのか。軍には電波探知機というものがないのか。かりに予知できなかったにしてもこのような情況下にあっては、奇襲への備えというものは常にあってしかるべきものではないのか。

軍の将官たちの常日頃の勇ましい訓令とはうらはらに、じりじりと焙られるようにそんな気持になったことを今でも忘れてはいなかった。

　十月十日空襲の日、グラマンの編隊は第二波、第三波と繰り返し飛来し、深夜まで那覇の町を攻撃し続けた。最初の攻撃で狼狽をみせた守備軍もさすがに後半にはいくらか立ち直り、焼失を免れた戦闘機がようやく飛び立ち、高射砲の弾着も正確さを増してきた。

　だがもはや被害は甚大であった。迎え撃つために飛び立った日本軍の戦闘機は全機撃ち落とされ、那覇港で陸揚げ中の輸送船五隻が撃沈された。飛行場に掩蔽《えんぺい》されずに積み上げてあった大量の糧秣と軍需品が焼失し、那覇の町は夜空を焦がすような勢いで、明け方まで炎炎と燃え続けた。応戦の出来ない部隊と住民はそれぞれ退避壕に逃げ込んで、じっと身を潜めているしか方法はなかった。その日那覇の町では、兵と住民あわせて七百名以上の死者を出した。

「真珠湾攻撃からこっち、奇襲は日本だけのお家芸だと思って、油断していたんじゃないのか。敵さんだって同じ戦法をとれるということが軍の幹部には分かっていなかったんじゃないのか」

　一中の学生たちの間でさえ直接的に軍の司令部をやゆするような、そんな会話が飛び交った。

　どうやら沖縄守備軍には、耳と目視以外に敵襲を予知する能力がないらしい。あの日は仲間の誰もが体の震えが一日中止まらなかったと言っていた。その時の戦慄はテルマも忘れてはいない。

この奇襲により兵と沖縄の住民たちは、いまや自分たちがこの戦争の最前線に立たされていることを実感せざるを得なくなった。そして遠からぬ日のアメリカ軍の上陸を、暗澹とした思いで予感したのだった。

「テルマおまえ知っているか。那覇が空襲された十日の前の晩、守備軍の将校たちは那覇ホテルで明け方まで酒盛りをしていたらしいぞ」

呉島が片頰だけゆがめた笑いを浮かべて言うと、

「長参謀長などは裸踊りをやったらしい」

比嘉が呉島の話を追認するように応じた。十月九日、那覇空襲の前夜に、三十二軍の司令部が牛島中将主催で那覇の沖縄ホテルに離島の指揮官や幕僚、地元政財界の有力者を集めて大祝宴会を催していたのは事実であった。長参謀長などは得意の裸踊りまで披露して盛り上がっていたところへの、いきなりの空爆であった。思えばあの頃から住民の間には、守備軍への疑念が芽生えていたのかもしれないとテルマは思う。

☆

沖縄本島は北から順に国頭《くにがみ》、中頭《なかがみ》、島尻の三つの地域に分けられる。アメリカ軍が上陸してきたのは、その中心部にあたる中頭地区の嘉手納湾であった。那覇が空襲を受けてから半年後の、明けて昭和二〇年の四月一日のことである。

その日は沖縄の歴史の上に、もっとも過酷で陰惨でみじめな記憶を刻み込んだ、史上最悪の地上戦の幕開けの日であった。それは再びあってはならない事として、末代まで語り伝えるべき歴史の瞬間だったのだとテルマが思うようになったのは、ずっと後になってからのことだった。

これも戦後になって知ったことだが、あのころ第三十二軍（沖縄守備軍）の司令部では、アメリカ軍の上陸地点を特定することができず、意見が二つに分かれていたのだ。というのもアメリカ艦隊は西側の嘉手納の沖合だけでなく、反対側の具志頭村・湊川付近の沖合にも居たからであった。こちらの艦隊は背後に輸送船団を伴った、いずれ劣らぬ大艦隊であった。

沖縄守備軍の司令部では、アメリカ軍の攻撃が西側から来るのか東側からなのかを巡ってかんかんがくがくの議論をした末、結局どちらとも確定することができずに、最後は止む無く二正面作戦をとることになった。

とは言え、不十分な態勢の下での二正面作戦というのは容易ではなかった。結局主力の六十二師団を西の嘉手納湾に据えて、東側の湊川方面には二十四師団と独立混成四十四旅団の予備軍および対戦車砲、迫撃砲二個大隊と臼砲一個中隊を回して、こちらでも戦闘しうる態勢をどうにか整えた。

兵力を二分するということは、初戦で敵に多大な打撃を与えるという点からすると戦力不足になるので、結果的にはアメリカ軍の陽動作戦に乗せられたものと言えなくもない。だが実際のその時の情報不足の状況では致し方のない判断であったかもしれない。

事実アメリカ軍にはその狙いがあったらしかった。

と言うのも上陸の四日前の三月の二十八日、嘉手納湾の反対側の湊川沿岸にいきなり数十隻の上陸用舟艇が現れ、機銃を乱射しながら水際まで接近してきた。

舟艇は間もなく引き返して行ったが、守備軍ではこれを上陸のための瀬踏み行為と考えて嘉手納から湊川方面に主力を移動すべきだと主張する参謀も現れ、司令部は再び意見が分かれて騒然となった。

だがこれと前後して西側の座間味島からの連絡が途絶えてしまったことから、あくまで主戦は嘉手納であるとの論は動かなかった。

座間味は慶良間列島の一部だが、数百名の守備軍しか配置して置らず、嘉手納正面に陣取っていた米軍が前日から上陸を始めて、猛烈な戦闘が繰り広げられている模様であった。

しかし翌日には悲痛な告別の言葉を最後に、通信が途絶えてしまったという。座間味の守備軍はわずか二日足らずで玉砕してしまったらしかった。

アメリカ軍は次いで嘉手納湾にある神山島に上陸し、ここに数十門の巨大な砲門を備えた。その作業の様子は首里の高台からでも望見することが出来たが、間もなくそれらの大砲は、首里の前線をかためる第六十二師団めがけて猛烈な砲弾の雨を降らせ始めた。

これにたいして師団司令部でもただちに応射を開始したが、日本軍の大砲は射程が短く神山島にも湾口に浮かぶ艦船までも遠く届かなかった。

アメリカ軍の砲撃は神山に据えた大砲にかぎられたものではなかった。三月二十九日以降アメリカ軍は、上陸前の地ならしとして沖縄本島に向けて本格的な艦砲射撃を加え始めたのだ。目視しただけでも戦艦、巡洋艦、重巡洋艦併せて二十五隻に数十隻の駆逐艦も加わり、三日間にわたって凄まじい砲撃が絶え間なく続けられた。

アメリカの攻撃は徹底をきわめ、さらに沖合に浮かぶ空母から四千機近い艦載機が飛び立ち、砲弾の届かない箇所に絨毯を敷いていくように丹念な爆撃を加えていった。

沖縄の住民は海からと周辺の島々から、また空からとイナゴの大群のように降り注ぐ砲弾の嵐の中で逃げる場所もなく、ひたすら壕のなかで震えながら身をすくめているしかなかった。

この凄まじい攻撃の前に守備軍はほとんど為す術がなく、住民と同じように洞窟内で、ただ息をひそめながら地上戦の機会が訪れるのを、じっと待つしか手立てがなかった。

そして迎えた四月一日、アメリカ軍は突如として嘉手納と北谷《ちゃたん》の海岸に上陸してきた。

その日、早朝から沖縄の空には無数の砲弾が飛び交い、世界中の雷鳴を一堂に寄せ集めたのかと思うような大音響が、島を揺るがせるほど鳴り響いた。

砲弾は主に上陸地点の米軍を迎え撃てる地点と重なる西海岸の北飛行場（読谷）と、中飛行場（嘉手納）を結ぶラインを中心に撃ち込まれた。

続いて朝もやの中から陸地のように黒々と横たわる輸送船団が姿を現した。船団後部の扉が一斉に開いたかと思うと、その中から上陸用舟艇が次々に海面に下り、波の上をあざやかな飛沫を上げながら陸地に向けて進発し始めた。それと同時に上空に、アメリカ軍の無数の艦載機が現れ、上陸を援護するための爆撃を嘉手納一帯に加え始めた。

上陸部隊は水陸両用戦車を先頭に、何波にもわたって途切れることがなく、次から次と輸送船から吐き出され、蟻の大群のように岸辺におし寄せてきた。

嘉手納から読谷まで、およそ八キロの海岸はたちまちアメリカの戦闘部隊で埋められていった。

だが不思議なことにこの上陸に対して、守備軍側からは何の反撃も見られず一発の銃声さえ聞こえなかった。首里の高台には各部隊から派遣された斥候や哨兵などがいて、上からこの様子を見ていた。そして何人もの人々が、身を震わせながらそれぞれ疑問を口にしていた。その中に偵察兵とともに様子見の任務で来ていたテルマたちも居合わせ、兵士たちと同じ想いに囚われながら、戦慄と不安に身を震わせていた。

「三十二軍はなんで応戦しないんだろう。あの海岸に砲撃を加えたら敵に大打撃を与えられるんじゃないのか」

驚愕《きょうき》に声を震わせて言う垣花に、呉島が答えた。

「こっちにゃ、あそこまで届く鉄砲も大砲もないんだよ。敵さんの大砲の方が射程距離が長いんだ」

呉島の言葉に垣花は無言で応えた。誰もが、アメリカ軍の凄まじい勢いの上陸に怯えていて、もはや強がりの言葉さえ失っていた。

「水際で迎え撃つとなりゃ、あの辺りに待機するしかないんだが、みろよ、あのありさまを」

呉島が指差したのは、上陸したアメリカ軍と首里の六十二師団との間に横たわっている、浜を囲む弓型の丘陵地帯であった。

そこはアメリカ軍の凄まじいまでの砲撃と艦載機が落とす爆弾、上陸した米兵による嵐のような銃撃によって、蟻のひそむ隙間もないほどの弾幕が張られていた。イナゴの大群が飛び交うような弾道によって放たれる火炎と煙は、アメリカ軍の兵士を形状も定かでないほどおぼろに見せていた。

「アメリカさんは別に無駄弾を撃っている訳じゃ無いんだぜ。多分あの付近一帯に、地雷が埋めてあると思っているんだ。兵隊の消耗を出来るだけ少なくするために、進撃を始める前に地雷を全て爆破してしまおうという魂胆なんだよ」

呉島は尚も言い募った。どこか熱に浮かされたような言い方だったが、それでも呉島は、さすがに穿ったことを言うとテルマは思った。

「物量が山ほどあるところは、さすがにやることが違うな」

そう言ったテルマの声も、戦慄に震えていた。

「その通りだよ。いまさら泣き言をいっても始まらないがこの貧乏な日本が、何であんな大金持ちの国へ喧嘩を吹っかけたのか、いまだにおれにはさっぱり分からんよ」

鼻っ柱の強い呉島らしくもない、途方に暮れるような響きがあった。目の前の海は、いつもの美しい千草色の藍が見えなくなるほどの艦船で、真っ黒に埋め尽くされていた。呉島の言葉を待つまでもなく、この数日の米軍が打ち込んでくる夥しい砲弾をみても、アメリカ軍がいかに豊富な武器弾薬を備えているかは一目瞭然だった。

後に『鉄の暴風』と呼ばれたこの砲撃でアメリカ軍は、例えば第五十二機動部隊だけで二万八千発の砲弾を撃ち込んだと記録にある。

「明日から沖縄は、本当の地獄になるぞっ！」

呉島が誰かに罵声をあびせるように言って歩き始めたので、テルマと垣花もあわてて後を追った。

首里の攻防

四月一日に本島中西部にある渡具知付近の海岸に上陸を成功させたアメリカ軍は、日本軍から何の妨害も抵抗も受けずあまりにも簡単に上陸できたことに、何か敵の陽動作戦に乗せられたのではないかとの警戒心を働かせたらしかった。

そのためか上陸の初日はそれ以上に陣地を拡大しようとはせず、もっぱら上陸地点を確かなものにするための陣地構築の作業に没頭しているようだった。

上陸地点というのは、とりあえずは海と陸とを結ぶ橋頭堡だというのが呉島の説明だった。

日本軍がアメリカ軍の上陸をやすやすと許してしまったのには幾つかの理由があった。その中でも中心的なものは、やはり三十二軍の中核をなす精鋭の第九師団を、大本営の誤った状況判断によって台湾に引き抜かれてしまったということがある。

第九師団を失うということは、上陸したアメリカ軍と正面から四つに組んで戦う能力を失ってしまったということにほかならなかった。

また大砲や戦車、爆撃機など機械化装備においても守備軍は、アメリカ軍に較べると圧倒的に劣っていたから、敵を陸地に引き込んで接近戦を展開するという『持久戦法』の作戦をとるしか方法がなかった。これも呉島の考察なので確かなことは分からないが、多分その通りだろうとテルマは思った。

「呉島君は作戦参謀になれるなあ」

テルマと垣花は、感心しながら同時に呉島の言葉に耳を傾けていた。

沖縄は北の国頭地区には険しい山々がつらなっており、反対の南側には多数の丘陵が入り組んでいる。日本軍はこの南がわの入り組んだ丘陵を利用して陣地を構築していた。つまり丘陵や高地の前面の斜面に壕を掘ってトーチカや野戦陣地を築き、反対側に砲台と生活のための壕を掘った。そして丘陵の一番高い場所に監視兵を配置していたのである。敵がこの丘や高地を目指して進んできたら反対がわから砲撃を加え、弱った敵を野戦陣地に誘い込んで迎え撃つという作戦であるらしかった。

呉島の仕入れてきた情報によれば、そのような布陣でアメリカ軍の上陸地点に近い前線から、首里司令部に至るまでの間に、東西に三本の防衛線が敷かれているという。

呉島の言う防衛線というのは、西側の牧港から嘉数、東側の上原にいたるラインを結ぶ日本軍の備えを第一防衛線。ついで仲間、前田、幸地、我謝を結ぶのが第二防衛戦。そして首里前面の天久、真嘉比、運玉森までの第三線であるということだった。首里城地下の三十二軍司令部付きになっている沖縄師範の友達から情報を仕入れているというだけあって、呉島の情報は信憑性があった。

アメリカ軍の進撃は二日めから始まった。最初の攻撃目標は読谷にある北飛行場であった。迎え撃つ日本軍の最前線にいるのは第六十二師団の賀谷興吉中佐率いる独立歩兵第十二大隊であった。この部隊の任務は進軍するアメリカ軍と応戦しつつ、少しずつ退却しながら敵を本隊が待ち受けている首里北方の平地まで誘い出すということだった。

アメリカ軍の作戦は、背後に控えている艦隊が海岸沿いに地形が変わるほどの猛烈な砲撃を加え、砲撃の援護の下に戦車隊が列をなして前進する。さらにその背後に機銃をもった歩兵が、ウンカのごとく付随しながら進軍するという攻撃のしかたであった。

賀谷中佐の率いる第十二大隊は、果敢に戦ったが怒濤のごとく押し寄せるアメリカ軍の前に、とても退却しながら誘い出すなどという訳にはいかなかった。

空からの攻撃も大砲の援護さえもない前線で、戦闘を開始してから間もなく、塹壕に張り付けになったたまま孤立してしまった。

それでも大隊は、嵐のごとく吹き交う砲爆撃の間隙を縫って敵陣に切り込むという、玉砕覚悟の白兵戦を果敢に展開した。勇気ある闘いだと言えなくもないが、それしか方法がなかったというのが本当のところだろうと呉島などは、悲壮な見方をした。

☆

テルマたちが所属する第五砲兵隊はこうした戦況の下で、いつ出撃命令が出ても直ちに応戦ができるようにと身構えていた。だが出撃命令はなかなか出なかった。砲兵隊司令部内での噂では、前線で孤軍奮闘を続ける賀谷大隊の窮状を見かねて、同じ六十二師団に所属する第六十三旅団の旅団長が、司令部に砲兵隊の援護をするように要請したという。だが敵を自分のフィールドに引き込んでから一斉攻撃するという『持久戦法』を採る司令部は、まだその時期ではないとして首を縦には振らなかった。

司令部が前線で戦う十二大隊に援護の手を差し伸べなかったために、アメリカ軍は五日で中、北の両飛行場の占拠に成功した。飛行場を占拠したアメリカ軍は、嘉手納から読谷までの地域を拠点に定めたらしく、そこから首里の北方には向かわずに、島を東に進んで中城湾を見渡せる東端の高地を占領した。

これによって沖縄本島は完全に南北に分断されてしまったのである。

分断に成功したアメリカ軍は、そこから直ちに北と南の二手に分かれて、沖縄全島を制圧するための進撃を開始した。日本軍が総力を挙げた反撃をしないためかこの時のアメリカ軍は、日本軍の主力は沖縄北方の山岳地帯に陣取っているとの見当をつけていたようであった。

そのためアメリカ軍司令部は、上陸した軍の中でも最精鋭の第一と第六マリン師団を、急きょ北に向かって進撃させたのである。

この間テルマたちは、一中壕の中でじっと息を潜めているしかなかった。だがいずれにしろ出撃するのは時間の問題であると、固唾を呑む思いで命令が下るのを待っていた。

「砲兵隊の司令部での話を小耳にしたんだがな。守備軍の司令部では長参謀長が酔っぱらって、大本営はなんで天一号作戦を実行しないんだと怒り狂っているらしいよ」

比嘉がテルマたちにというよりは、主に呉島に向かって言った。

「なんだ天一号作戦て」

呉島にしては珍しく聞き慣れない言葉のようだった。思わずテルマたちも比嘉の言葉に耳を傾けた。

「ぼくが聞きかじった情報を総合すると、どうも台湾と日本本土から海軍の戦力と航空軍の戦力を総動員して、この目の前の海にいる敵の艦隊に、特攻攻撃をかけるという作戦らしいんだ」

「じゃあ何だってそれを、早くやらないいんだ」

呉島が比嘉に懐疑的な目を向けながら言った。

「それがどうしてなのか、木乃原中尉たちにも分からないらしいんだ。この沖縄の北と中の飛行場を奪われてしまうと、制空権を完全に敵さんに握られることになる。そうなる前でないと天一号作戦は意味が無くなるということらしいんだがね」

比嘉は自らが負い目を感じているように言った。

木乃原中尉というのは沖縄一中に配属されていた将校で、教諭である比嘉の父親と親しかった。

「しかし飛行場は、とっくに敵さんの手にわたってしまっているじゃないか」

呉島が誰かに噛みつくような勢いで言った。この時ばかりは呉島も、司令部の長参謀長と同じ思いであったに違いない。こういう時の呉島は、目をむき顎を隆起させて仁王様のように怖い顔になった。

「大本営は大本営で、何が何でも飛行場を奪還しろと、連日矢の催促らしいよ」

「しかし天一号作戦と同一歩調で闘わないと、独自で飛行場を奪還できるほどの力は、今の守備軍にはないんじゃないのか。なにしろ第九師団を持っていかれてしまっているわけだしな」

比嘉と呉島の会話は、下手な下士官などよりもよほど具体的で、戦局にもよく通じているように思えた。

「大本営はそういうことを分かって言っているのか。だとしたら守備軍に全員玉砕しろと言っているようなものじゃないか」

呉島が大本営の理不尽さにいっそう怒りを露わにして言うと、

「玉砕するということは結局、何も守れないということじゃないのか」

テルマも憤然として疑問を口にした。

「どうも大本営と三十二軍の司令部とは、うまくいってないらしいね」

比嘉が悄然として言った。

大本営が沖縄守備軍が死守すべき場所とした北・中の両飛行場は、上陸から一週間を待たずにアメリカ軍に占拠されてしまっている。

北飛行場を守っていたのは、上田中佐が指揮する特設一個大隊とその他わずかな部隊にすぎなかった。上田中佐の大隊は怒涛のごとく押し寄せるアメリカ軍と最後まで果敢に戦った。日中は洞窟からの攻撃に徹し、夜間には敵陣への挺身の切り込みを敢行した。だがいかにしてもその脆弱な戦力ではしょせん互角のたたかいにはならず、大部分の兵士たちは鮮烈な死を遂げてしまった。

一方、北の国頭方面に進軍して行ったマリン師団は、予想を裏切る日本軍の守備の脆弱さに拍子抜けがしたらしい。沖縄守備軍は始めから主戦場は中頭、島尻と位置付け、北部の国頭方面にはほんの申し訳ていどの兵力しか派遣していなかったのである。

南風原陸軍病院

四月の中旬ごろになると、名護湾の北側を占める本部半島とその沖合にある伊江島は、すでにアメリカ軍によって制圧されており、攻撃の鉾先はもっぱら守備軍司令部のある、首里方面に集中していた。

一中の木造校舎とその隣のコンクリートの校舎、テルマたちの住んでいた養秀寮なども砲弾によって損壊しており、すでに一中勤皇隊の仲間の数人が死亡し数人が負傷していた。学校の裏にある一中勤皇隊の本部になっている壕《ごう》も危うくなっており、砲弾が次々と飛んできて、数発がごく間近かで炸裂した。敵のカノン砲が照準を首里城周辺に合わせてきたことは間違いなかった。

その晩も首里城の周りではあちこちで砲弾が炸裂してその都度火の手が上がり、町中で火災が起こった。

「学校がやられたぞ！」

呉島が叫んでいる。見ると一中の木造校舎の上部が砲弾で吹っ飛び、夜空にあかあかと炎を上げている。とっさにテルマは垣花たちのことを思った。たしか垣花たちは、医薬品を運ぶために衛生兵たちと木造校舎のとなりのコンクリート校舎に行ったはずだ。

「垣花たちは大丈夫か」

「分からん。コンクリート校舎の方も燃えているぞ」

コンクリート校舎は下の方で砲弾が炸裂したらしく一階の西端付近が抉り取られたように被弾し、内部の木造の部分に火の手が回ったらしく内側で紅蓮の炎が荒れ狂っていることが窓越しにも鮮明に見えた。

「行くぞっ！」

呉島が叫びながら走り出した。あわててテルマも後を追った。

校舎の近くに行くと、砕け散った校舎の残骸や医薬品を収納する箱、歩兵銃や火がついたまま燃えている木切れなどが散乱している。その中に数人の兵隊が横たわっていた。すでに息絶えた者もいたが、負傷したりまだ息のある者も何人かいる。

「おい、手を貸せっ！」

薄暗がりから声がして振り向くと一人の兵士が、横たわっているもう一人の兵士を抱え起こそうとしている。呉島とテルマが近づくと、

「お前たちは、こいつを本部壕まで運んでくれ。衛生兵に預けたらまた来てくれ。それと

手の空いた者がいたら誰でもかまわん、ただちに連れてきてくれ」

兵士はそう叫ぶと次の負傷兵を捜すために、横たわっている他の兵士たちを次々に点検し始めた。

顔見知りの衛生兵だったが、火炎の中で襟を観ると星三つの曹長だった。

「曹長殿、鉄血勤皇隊の連中はどうなったでありましょうか」

呉島が負傷した兵士の脇に手を入れながら訊いた。

「分からん、そこいら辺りに転がっていないか」

曹長は顎で校舎の方を示すと、すぐにまた別の横たわっている兵士に向かって「大丈夫かっ！」と大声で呼びかけていた。

「テルマ！」

すぐ近くの擬装網をかぶせた対戦車砲の陰から聞き慣れた声がした。

「伊計か」

テルマが近寄っていくと伊計が左腕の肩近くを右手で抑えて、砲の車輪に寄りかかり足を投げ出していた。右袖が上から下まで赤黒い血でぐっしょりと濡れているのが夜目にもはっきりと分かった。

「大丈夫か。垣花はどうした」

「おう此処にいるぞ、おれより比嘉が重症だ」

少し離れたところで、垣花が立ち上がるのが見えた。テルマが傍に行くと垣花の足元に比嘉とおぼしき男が横たわっていた。揺らめく火炎の明かりですかし見ると、どこをどうやられたのか判別しないが、腰回りを中心に身体半分が血に染まっていて、ひと目でかなりの重症であることが分かった。

「比嘉！　どうだ、大丈夫か」

「ああ、大丈夫だ……」

明らかに大丈夫でないことが分かる、呻くようにか細い響きで応えた。だが声は出せるようだとテルマはわずかに安心した。その時暗がりから大声がした。

「おい！　そこの勤皇隊の小僧。こっちへ来て早く負傷兵を運ばんかっ！」

曹長だった。

「垣花。すぐ戻って来るから、比嘉を頼むぞ」

戻ると呉島が先ほどの負傷兵を一人で担ごうとして難儀している。体格がいいと言っても呉島もまだ十六歳の少年で一人で大人を運ぶのは無理だった。反対側に回って肩を貸しながら、

「曹長どの。向こうで同僚が負傷しています。戻るまで何とか頼みます」

テルマは衛生兵に向かって叫んだ。

その間も砲弾は間断なくあちこちで炸裂していた。

負傷兵を担ぎながらようやくの思いで壕にたどり着くと、奥の包帯所に何人もの負傷兵が横たわっていてうめき声を出していた。テルマと呉島はそこに居た衛生兵に負傷兵を預けると、近くにいた下士官に訴えた。

「校舎西口付近にまだ数名の負傷者がおります。支援をお願いします」

下士官は「分かった」と言ってから直に引き返そうとするテルマたちに、

「待て、そこの担架を持って行けっ」

と叫んで、壁際に立てかけてある担架を指差した。

☆

「今のうちなら片方の脚は助かるかも知れん。だがこれはとても此処では対処できない。助けたかったら軍の病院に連れて行くしかない」

テルマと呉島が運んできた比嘉の身体を調べていた衛生兵が、顔を曇らせて言った。

「でも、どうやって運んだらいいんだろう」

垣花が途方にくれたような顔をして言った。自力でなんとか壕まで戻ってきた伊計は、さほどの負傷でもなかったらしく、すでに左肩に包帯を巻いてもらい、腕を三角巾で肩から吊るしている。

「搬送の車はもうみな出払ってしまった。担架で運ぶしかないぞ」

衛生兵の言葉にテルマたちは思わず顔を見合わせた。軍病院は南風原《はえばる》にあった。南風原は首里の南東にあり、直線でおよそ三キロの距離である。運べない距離ではないがなにせ夜で、おまけに外には砲弾が嵐のように吹きまくっている。だがぐずぐずしている暇はなかった。衛生兵はモルヒネを射ち急場しのぎの止血をしてくれたが充分なものではなく、目の前の比嘉は依然として苦痛にうんうんと呻いている。

やむを得ず垣花と呉島、テルマの三人で交代しながら南風原まで担架で運ぶことにした。傍に立てかけてあった担架を開き、比嘉を乗せようとしていたら、

「それでは疲れるし時間がかかるだろう。これで運んで行け」

衛生兵が別の担架を引いてきて渡してくれた。それは担架の下に自転車用の車輪をひとつ取り付けたもので、前後で担架を持つようにしながら移動でき、さほど力がいらず時間も早く運べそうであった。

一輪車の担架に比嘉を乗せていたところへ、いきなり髪をふり乱した初老の男が飛び込んできた。

「一中の比嘉ですが、うちの勤皇隊の子どもたちは無事でしょうか」

今しがたの爆発を心配して駆けつけた比嘉の父親だった。テルマたちが語る言葉を失っていると、衛生兵が無言で担架を示した。傍に駆け寄ってきた比嘉教諭は途端に驚愕した。

「通広なのかっ！　通広ぉ、どこをやられた、大丈夫か、おいしっかりしろ」

そう言うと苦悶の表情を浮かべながら、泣き声になりそうな語尾を呑み込んだ。

「これから南風原の陸軍病院まで運ぶところです」

呉島が言うと比嘉の父親は、

「たのみます。わたしはこの場を離れるわけにはいかない」

と取り乱したことを恥じるように頭を下げた。比嘉のところでは男子は二人だけで、長男は召集されて昨年の七月にサイパンで戦死を遂げていた。

国の作戦によりこれまでに十四万人以上の沖縄県人が南の島々に送られていたが、その中でもサイパンには、もっとも多くの県人が住んでいたのである。

「ようし行くぞっ。垣花、お前は足元を電灯で照らせ」

呉島が先に立ち後ろをテルマが受け持つと、四人はふたたび壕の外に飛び出した。

外は依然として砲弾が荒れ狂っていた。テルマたちは運を天に任せて、急ぎ足で担架を運んだ。いたるところに砲弾で受けた大きな穴があいており、道はすでに道の体を失っていた。

垣花が電灯で足元を照らしたが、それでも注意して歩かないと穴ぼこに落ちてしまう危険があった。時々、車輪が石ころに躓いて担架の上で比嘉が跳ね上がるため、そのたびに垣花が落っこちないように比嘉の身体を押さえなければならなかった。死体もいたるところに転がっていたが、すでに気にはならなくなっていた。

「比嘉、頑張れよ。もうすぐ病院に着くからな」

代わる代わる声をかけながら進んだ。その間も砲弾は大量の隕石群が降り注ぐように其処此処に着弾しては炸裂音を響かせ、ひっきりなしに足元が揺れた。だがすでに恐怖は感じなくなっていた。ただいつ爆風に吹っ飛ばされるのか分からないという予感に背を丸めながら走らなければならず、緊張が収まるということはなかった。

崎山を過ぎた辺りから飛翔する砲弾の数がぐんと少なくなった。まだここら辺は、砲撃の目標からは外れているらしいと思った。病院は南風原の背後にある黄金森《くがにむい》の高台の斜面に、ムカデの脚のように掘られた壕の中にあった。もともとは前年の昭和十九年五月の動員令により編成された『球一八八〇三部隊』によって、那覇の開南中学校に『沖縄陸軍病院』として開設されたものであった。だがその年の十月十日の大空襲によって那覇は一夜にして灰燼《かいじん》と化してしまった。

病院も焼け落ちてしまったので、今度は南風原の国民学校の校舎を接収してそこに移動した。だがそこも砲撃によって焼失してしまったため平地の建物は諦め、ついにこの黄金森の退避壕へと移ったのだ。沖縄はもはや、地上の建物には住めなくなっているのだった。

病院壕に入ると途端にねっとりとした、生温かい泥濘《でいねい》のような空気に包まれた。そこには通路といわず病室になっている横穴といわず、負傷した兵隊が足の踏み場もないほどごろごろと転がっており、うめき声があちこちで聞こえる。薬品の臭いに交じって傷のうみや排泄物、人いきれ、そうしたものが一緒くたになって壕の中は息が詰まるほどの悪臭に満ちていた。

天井からは絶えず水が滴り落ちていて、地べたはぬかるみになっている箇所も少なくなかった。

その中を看護婦や学徒動員で来たらしい子どものような幼い顔をした普通のもんぺ姿の女子学生が、表情を必死の思いに硬直させて、慌ただしく動き回っている。今しも血まみれの兵士を、二人の女が両側から抱えて運ぼうとして難儀をしていた。一人はいたるところに黒く乾いた血の染みついた白衣を着た看護婦だったが、もう一人は少女のような女子学生だった。

「痛い、痛い、痛いっ！」

動かすと痛むのか子どものような泣き声を発している。

「いま手当しますから、我慢しなさい。男でしょう」

看護婦が気丈に言った。見かねた呉島が近寄って手を貸そうとするので、比嘉の担架を垣花に預けてテルマも手伝った。

「上原婦長。おれの脚は腐っていないか」

傍に横たわっていた別の兵隊が、その看護婦に言った。上原婦長と呼ばれた看護婦は、運びかけていた負傷兵を「お願い」といって呉島とテルマに預けると、直ちに傍に行ってその兵隊の股の辺りを懐中電灯で照らしながら点検を始めた。

「あとで消毒してあげるから少しの間、我慢して待っていて」

とその看護婦は優しく言った。

「ありがとう、観音様」

兵士は横たわりながら敬礼をした。今の彼には精一杯の感謝の印のようだった。観音様と呼ばれた看護婦は、確かにこの壕の婦長らしかった。

「さ、こっちへ」

婦長が誘導したのは中ほどにある手術室のような壕だった。そこには手術台のような台が二脚おいてあり、両方を数人の医師や看護婦が囲んでいて、折しも手術中であった。ちょうど片方の手術が終わったところで、衛生兵が負傷兵を担架に移すところだった。

「そこへ乗せて」

医者が手袋をしたまま空いた台を示す。運んできた負傷兵を台に移したあと呉島が、一緒に来た上原看護婦長に言った。

「あのおれたち、爆弾でやられた友達を運んできたんですけど、結構たいへんみたいなんです。至急、診てもらえませんか」

「ここはご覧のとおり、みな急を要する人ばかりです」

そう言いながらも、ちょっと思案して、

「ここへ運んでおいて」

と手術室の隅を指差した。テルマと呉島は急いで壕の入り口に戻ると、車輪のついた担架のまま比嘉を指定された場所に運んだ。両側に付いている鉄の棒を下して担架を固定させると、邪魔にならないように手術室を出た。手術室を出る時テルマは、ふと傍らのドラム缶に目をやった。すると瞬時に胃袋が競り上がるような嘔吐《えず》きに襲われて、身体を半分に折り曲げた。そのままよろぼいながら手術室壕の外に出た。

「どうしたテルマ」

後から呉島と垣花が追ってくる。

「見たかあのドラム缶」

「いや、何が入ってるんだ」

「人間の、腕や、脚や……」

後が続かず、また嘔吐きそうになった。壕の入り口の方に目をやると担架や輸送用の自動車で、ひっきりなしに負傷兵が運ばれて来ていた。

「前線は、そうとう厳しいことになっているみたいだなあ」

垣花が溜息をはくように言った。

「浦添から前田付近の第二防衛線は破られたのかな」

テルマが不安な思いを口にした。牧港から嘉数、西原、上原にかけての第一防衛線はアメリカ軍によってすでに数日前に突破されたという情報を得ていた。

垣花の言う前線とは自分たちのいる首里のすぐ傍のことに他ならなかった。

「とにかく比嘉はここに預けて、一旦隊に戻って指示を仰ごう」

呉島が言った。自分たちの陣地壕のあたりは、ここよりもはるかに砲弾の危険はあったが、ここで大勢の負傷兵に囲まれているとそれ以上に気が滅入るような気がした。だがここはここで、戦場の裏側の最前線なのかもしれなかった。

「比嘉、間もなく手当してもらえるからな。頑張るんだぞ」

呉島が傍の医者や看護婦にわざと聞こえるように大声で言った。

「おれたちは一旦任務に戻らなけりゃならん。すぐまた迎えに来るから、それまで頑張っていろよ」

テルマもそう声をかけたが、迎えに来られる保証はどこにもなかった。比嘉は苦しそうに目をつむったまま、かすかに頷いた。思わず込み上げてくる感情を噛み潰すような思いで、三人は壕の外に飛び出した。

「テルマ、テルマじゃないの?」

その時、隣の壕の入り口からふいに声がかかった。途端にテルマの身体に、電撃のようにある喜びの感覚が走った。振り返って数歩近寄ってみると壕内から洩れてくる電球の灯りの下に居たのは、果たして姉の栄子であった。

「アングァー（姉ちゃん）」

あふれるような懐かしさに気持ちが緩んで、つい甘えるような声が出てしまう。

「どうしたテルマ」

心配そうに訊く姉に、

「みんなで友達を運んで来たんだ。砲撃でやられた友達を。比嘉通広というんだ。あそこの壕の手術室のところに居る」

テルマは訴えるように言った。

「そう。あなたは大丈夫なのね」

電灯の下で見る姉はひどく痩せてやつれた顔をしていた。以前だと、テルマの顔を見ると優しく微笑んでくれたあのふくよかな笑顔は、今はどこを探しても見あたらなかった。アングヮーは、ほとんど硬直したように表情のない顔をして、じっとテルマの方を見つめていた。

テルマはたまりかねて「それじゃ」と言って背中を向けようとした。するとアングヮーは再び「テルマ」と呼んだ。立ち止まると足早やに傍に来て、口を耳元に寄せるようにして言った。

「テルマ、いいこと。何があっても自分から死のうなんていう気持ちを起こしちゃいけないよ。死んだってお国のためになんかならないし、父さんや母さんや弟や妹が悲しむだけだから。兄さんが死んだら、あんたが長堂家の総領なんだよ。だから、どんなに追い込まれても絶対に自決なんかするんじゃないよ。約束して。なにがあっても必ず生き抜いて、長堂の門中《むんちゅう》を守るって。そうでないと、そうでないとアングヮーが、帰っていくところが、無くなってしまうからね」

姉は思いつめたような顔でそう言った。テルマは意外だった。姉は女子挺身隊の一員として進んで特別訓練なんかも受けており、なによりお国のために身を捧げる決意を固めている人間だとばかり思っていた。

その姉の口から「お国のために身を捧げる覚悟でご奉公しろ」という言葉ではなく、「なにがあっても生き抜いて門中を守れ」という科白が飛び出したことが意外だったのだ。

門中というのは祖先を同じにする父系の親戚の集まりのことで、門中墓という一つの巨大な墓を共有する、沖縄ではもっとも大事な親族の集団である。姉の言葉は、長堂家の総領であるべき徹仁兄が、いかにも戦死する運命にあるような響きに聞こえる。

いやそればかりではない。姉は門中が無くなると、自分が帰っていくところが無くなるとも言った。あれはもしかしたら魂が還る場所のことを指しているのではないだろうか。

すると姉は、自分は生きては還れないと思っているのか。

そう思ったときテルマは、木枯らしのように冷たい風が一瞬体の中を吹き抜けた気がして、思わずぞくぞくっと、身のすくむような悪寒に襲われた。

それにしても家族には常に優しく、微笑みを絶やさなかったあの太陽のような姉が……あれほど痩せ衰え、追い詰められたように暗く厳しい表情になって。

姉は自分の運命の予感ばかりではなく、もしかしたら兄の消息についても何らかの情報を得ているのだろうか。たちまちテルマは、暗澹とした不安に陥った。

広報要員

「ひどいもんだな、あそこは。下に蓆《むしろ》さえ敷いていない。とても病院なんて言えたしろものじゃない」

呉島が壕の中で吸い込んで来た空気を、吐き出すように言った。

「地べたに転がっている兵隊の腹から腸がはみ出て、そこに蛆《うじ》がどっさり湧いていたぞ。近所で顔見知りの師範女子部の女がいたが、とても声をかけることは出来なかった」

呉島に同調するように垣花が言うと、

「ひめゆり学徒隊だな。先月に師範女子部と第一高女の学生で組織された看護婦の部隊だ。まだ幼いのに、よくあんな過酷なところで務まっていると思うよ」

と呉島が、深い同情をにじませた声で応じた。

「とにかく臭いだけでも耐えきれん。本当に鼻がまがりそうだったぞ。暗くて湿っていて、地べたにはずぶずぶぬかっている処さえあった。とても病院の環境とは思えん。女子挺身隊はあんな処で朝から晩まで働いていて、よく気が変にならないもんだと思うよ」

帰りの道々、呉島と垣花が話しているのを聞きながらテルマは、またしても気が重くなった。

壕の中には何十人もの負傷兵がごろごろと地べたに寝かせられていて看護の手が回らないほどだった。この戦闘が続く限り負傷兵は、あんな風にして次から次と運ばれてくるのだろう。

姉の栄子が、そんな過酷な境遇で働いているのを知ったなら、父や母はどんなに悲しむことだろうと思ったからだった。

「テルマ、おまえさっきアングヮーから何を言われたんだ。二人ともやけに深刻な顔をしていたじゃないか」

呉島が明け透けに訊いてきた。テルマはどう応えようかといっとき逡巡したが、

「何があっても死ぬなと言われた。まかり間違っても自決しようなんて気を起こすな、死ぬのは国のためにも誰のためにもならないからって」

と正直に語った。すると呉島は、

「その通りだ。お前のアングヮーはなかなか信念のあることを言うな。絶対に自分から死のうなんて思っちゃいけないんだ。だが生きて虜囚の辱めを受けずなんて馬鹿な事を言った奴がいたために、すでに座間味では何百人もの民間人や兵隊が自ら命を絶ったと聞いて

いる。だが、そんなことをする必要なんか無いんだ」

と、誰かに憤慨しているように言った。

「だが敵が大挙して上陸してきて、玉砕か捕虜かのどちらかとなったら、兵隊の場合は敵陣に斬り込んでいって玉砕という手もあるが、一般の住民はやはりお国のために自決するしかないんじゃないか」

呉島の言葉に抗うように垣花が言った。テルマも半ば同調して頷きかけると、呉島がいきなり荒声を出して、怒鳴りつけるように言った。

「あほ抜かせ。自決だの玉砕だのが何でお国のためになるんだ。それは単なる国力の浪費でしかないじゃないか。それにおれは自慢じゃないけれど、お国のためにも天皇のためにも死ぬ気はないよ」

「それじゃ呉島君は、何のために闘うんだ」

呉島の大胆な発言に、憤慨するように垣花が言った。

テルマは今度は頷かず、アングヮーの言葉と重なるような呉島の言葉に耳を傾けた。

「決まってるじゃないか。おれの生まれ故郷であり、家族や友達が住んでいるこの沖縄を守るためだよ。目の前にあれだけ敵が攻めて来て、このおれの沖縄に滅茶苦茶に大砲をぶち込んできやがる。だから戦うしかないじゃないか」

「それなら守備軍だって、沖縄を守るために闘っているんじゃないのか」

垣花がむきになって言うと、

「馬鹿いえ。本当に沖縄を守る気持ちがあるなら、軍隊がぜんぶ引き払えばいいんだよ。軍隊のないところに大砲を撃ち込んだり、戦闘機で爆撃をかけたりする馬鹿はいないよ。弾がもったいないからな」

と呉島は、またしても垣花の意見を言下に否定した。

「いいか、沖縄を守るということは沖縄の人間を守るということなんだ。本当に沖縄を守るためなら十四歳のガキや六十過ぎの年寄りまで動員するようなことをやると思うか。三十二軍の本当の任務はな、この沖縄を本土を守るため、あるいはアメリカの本土攻撃を少しでも先延ばしさせるための楯にすることなんだよ。沖縄は本土を守るための、ただの捨て石に過ぎないんだよ」

呉島の言葉は激しく、しかも信念に満ちていた。とたんに垣花は黙ってしまった。

テルマは、呉島の言葉にはこれまでの「軍官民一体になって、最後の一人まで沖縄を死守せよ」という大本営通達の本音を、さらけ出して見せるほどの強い説得力があると思った。

呉島と比嘉は同級生の中でも別格だ。ちゃんと自分の頭で考えそれなりの信念を持っている。自分や垣花よりはよっぽど大人だ。テルマは幼い自分が少し恥ずかしくなった。そして同時にテルマの脳裏に浮かんで来たのは、今しがた見て来た陸軍病院の光景だった。

姉の栄子はあの環境も設備も最悪で、息がつまりそうな病院壕の薄暗いランプの下で、寝る間もないほど傷病兵の看護に追われているのだ。テルマはアングヮーの事が心底から可哀そうに思えてきた。いや姉ばかりではなく、あの壕の中にいる全ての看護婦や傷病兵が、胸をえぐられるほど痛ましく悲しいものに感じられた。

「ぼくも沖縄のために闘う」

テルマは呉島の言葉に深く打たれて、自分に言い聞かせるように言った。

☆

南風原を抜けて金城にさしかかったころであった。砲弾の飛行音や夜空に弾道の光跡がやたら目につくようになり、すぐ間近かで炸裂して肝を冷やされる場面が多くなった。

「少し休んでいかないか」

垣花が音を上げるように言った。三人は母屋が破壊されて無人になっているらしい民家の石垣の陰に腰を下した。少しして呉島が、

「星のきれいな夜だったんだなあ」

と夜空を見上げながら言った。テルマもつられて上を見上げると、砲煙で青く煙ったような空気のはるか向こうに、砂金を撒きちらしたような星空が見えた。

三人はややしばらく黙って空を見上げていた。ややあってからふいっと呉島が口を開い

た。

「あの看護婦の上原婦長という人は、美しい人だったなあ。あの薄暗い穴倉で見ても、輝くようだった」

呉島らしくもない、夢見るような声だった。

「負傷兵たちに全面的にたよりにされているみたいだったな。まるでお母さんみたいだった」

垣花が同調するように言うと、

「馬鹿言え、お母さんなもんか。まだ二十歳過ぎたぐらいだぞ。仕事が老けて見せているだけなんだ。本当は女盛りなんだよ。お前、まだ子どもだな」

呉島が嘲るように言った。

「子どもなもんか。ぼくはどっちかと言うと、テルマの姉さんみたいな人の方が好みなんだ」

垣花がむきになった。

「テルマのアングヮーもきれいだったなぁ」

と呉島が、急に垣花と仲直りするように、甘い声になって言った。

「ぼくは喉がからっからだよ。水が飲みたい」

話題が姉の事に及んだので、テルマはあわてて話を逸らせようとした。

「あそこに壕が見えるぞ。中にはきっと水もあるかもしれない」

人家が二十軒ばかりの小さな集落は、どこも真っ暗で人の居る気配がなかった。その中で呉島が目ざとく見つけたのは、集落の背後の斜面に掘られた壕であった。人が立って入れるほどの高さがある入り口の奥の方から、仄かな明かりが漏れているところを見ると、集落の人たちは中に避難しているのに違いない。

近づいていくと、かなり大きな壕のように思える。入り口の近くまで行った時、ふいに壕の横の暗がりから銃を構えた男が現れて、「誰だ、貴様らは！」と鋭い声で誰何《すいか》してきた。

「鉄血勤皇隊の者です。陸軍病院から部隊へ戻る途中なんですが、少し休ませて下さい」

呉島が言うと、意外にも好意的な返事が返ってきた。

「それならどうぞどうぞ、こっちも鉄血勤皇隊だ」

暗がりから三八銃を小脇にして現れたのは、テルマたちと同じ年恰好の少年兵だった。

中に入ると壁の面に大型のランプが二つ離れて吊り下げてあり、辺りはボウッと煙るように薄明るかった。思ったとおりかなり広い壕で、この集落全体のために掘られたもののようだった。五メートルほど奥に進むと十畳はあろうかという広い場所に、この集落の住民と思われる人たちがざっと三十人ぐらい寄り集まっていた。薄明りの下で見てもほとんどが老人か女の人ばかりで、中には子どもを連れている女性も何人か居る。

入り口に近い場所に、テルマたちと同じような服装をした年齢も十六、七ぐらいの同年齢と思われる少年兵が二人で、住民たちに何事かを話していた様子だった。入り口の兵が言っていたように、この二人もまたどこかの学校の鉄血勤皇隊員であるに違いない。

テルマたちが入って行くと、二人はいっ時振り返ってこっちを見た。三人は黙って頭を下げると、邪魔にならないように皆の後ろにしゃがみ込んだ。二人はテルマたちが自分と似たような身分の者だと察したのか、安心したようにまた住民の方に向き直った。

二人の少年兵のうち背の低い方が、テルマたちが腰を折ったらしい話の続きを話し始めた。

「四月の十六日に神風特別攻撃隊は、沖縄の周りの海にいる敵の機動部隊に対して、体当たり攻撃を敢行しました。三度目の特別攻撃です。これで三月の二十三日からの通算で、敵空母二十一隻、戦艦十九隻、大型巡洋艦十八隻、駆逐艦五十三隻、それと八十五隻の大型輸送船、併せて百九十六隻の艦船を撃沈しました。これにより敵機動部隊は、六〇パーセントの艦船を消失したことになります」

少年兵はすでに何度も同じことを繰り返してきたように、妙に慣れた口調でよどみなく話した。だがどこか、あまり熱意の感じられない言い方に聞こえる。語り終わってもその場からは拍手も歓声もなく、逆に変にしらけた雰囲気になっていた。

いっ時の沈黙の後、七十歳ぐらいの年寄りが眉間に険しいしわを寄せながら、おもむろに口を開いた。

「そうは言うけどあんた、わたしは昨日の朝方、那覇の沖合を見てきたんだが、沖合はアメリカの軍艦で真っ黒だった。六〇パーセントも船を無くしてもまだあれだけいるってことは、いったいアメリカって国には、どれだけの軍艦があるんじゃろうな」

「それは、あらたにまたやって来たということなんでしょう。とにかくわたしは大本営の発表をただ伝えに来ただけですから」

　勤皇隊員はわずかにたじろぐ気配をみせて、明らかに弁解に廻っている。

「とにかく、艦砲射撃も空襲も日に日に激しくなるばかりじゃないですか。このままだと年寄りや子どもをつれていったいどこへ逃げればいいのか、せめて避難できる安全な場所を確保してもらわないとねえ」

　大本営発表は、すでに信頼を失っていた。

　若い少年のような兵隊は、にわかに顔を赤らめて、それ以上は語ろうとしなかった。

　座が開いたところを見計らって呉島が南風原からの帰りである事情を話して、傍の女の人に水を乞うた。するとにわかに緊張の解けた顔になって立ち上がり、すぐに水と盆に盛ったふかし芋を持って来てくれた。

「それで南風原の病院はどんな様子だい。那覇がやられて国民学校に移ったという話だが」

　夢中になって芋を食っているテルマたちに、傍にいた人たちが、近寄って来ていろいろ聞いてくる。

「学生さん、首里の一中の辺りはどうなっているんだい。うちの親戚が居るはずなんだが」

「首里の辺りは一番砲撃が激しくなっている処ですから、付近の人たちは殆ど他の場所に避難していますよ」

「それで陸軍病院は、どうなっている」

「病院は移転した国民学校の校舎もやられて、今は黄金森の壕に移っています。いやあ、とにかく大変な数の負傷兵で、軍医も看護婦もてんてこまいしているあり様でしたよ」

テルマが多少大人びた口調で、しかし何の虚勢もなく正直に見てきたままを言った。

「うちの娘はまだ十五歳なのに、ひめゆり学徒隊に採られて行ってしまったんじゃが、壕の中なら大丈夫じゃろうかねえ」四十代ぐらいの女の人が、深刻な顔をしてテルマに訊いた。

「砲撃は那覇や浦添ほどひどくはありませんが病院のあった開南中学の校舎はとっくに焼け落ちて、負傷兵はもちろん医者も看護婦もみな壕で暮らしています。看護の仕事は大変そうでしたが、でも砲撃には強そうな壕でしたね」

テルマはいっ時、アングヮーの事を思いだしながら、見てきたままをその通り話した。

すると今しがたまで皆に話をしていた少年兵が、「ちょっと」と言ってテルマの袖を引いた。

壕を出てから、

「沖縄師範、鉄血勤皇隊の与座です。ぼくたちは住民の士気高揚のために、守備軍司令部から派遣されてやって来た広報隊員ですが、まずいですよ。あんな形勢の悪いような話をしちゃ、住民たちの士気が下がってしまいますよ」

と、司令部付きであることをあたかも誇示するように言った。

「でも、嘘を言うわけにはいかないじゃないですか」

「戦意高揚のため、今あまり住民を怯《おび》えさせたり悲観させたりしてはいかんのです。君は知っていますか、三月の二十六日頃に座間味で三百五十人、二十八日頃には渡嘉敷でやはり三百五十人の地元住民が集団で自決を遂げたことを」

「それと嘘の宣伝をすることと何の関係があるんだ。それに座間味も渡嘉敷も、どちらも軍隊が一緒だったと聞いているぞ。それほどの人数の住民が、自分たちの意志だけで死んだとは、とても思えん」

いつの間にかテルマの背後に立っていた呉島が、話を立ち聞きしていたらしく口を挟んだ。呉島は言い返すというのではなく非難するというのでもない。むしろ彼らの任務に同情しているかのように、ただ相手の真意をさぐるという言い方だった。

テルマは七百人もの住民が集団で自決を遂げたということに衝撃を受けていた。広報隊員にしてもそんなことで虚偽の宣伝をしている訳ではあるまい。

暗がりで表情までは窺えなかったが、師範の勤皇隊員はそれ以上は言い返して来なかった。おそらくは彼自身も、大本営の発表にはあまり信頼を置いていないのではないかとテルマは思った。

「あいつの言ったことは本当だ。お前らには黙っていたが通信隊の友だちから聞いたんだ。この三月、座間味ではアメリカ軍が上陸してきたもので住民三百八十人が集団で自決を遂げたらしい。同じころやはり渡嘉敷でも同じぐらいの住民が自決したらしい」

壕を出て帰り道を歩きながら呉島が、落胆の底に強い怒りを秘めた声で言った。さらにこう付け足した。

「集団自決と言うのはな、まず親がわが子を殺すらしい。殺し方はさまざまらしいがな。兵隊から手りゅう弾をもらって一家が一度に爆死するのは、まだいい方でな。手りゅう弾のない者は首を絞めたり、鉈で頭を勝ち割ったりすると言うんだ。子どもの次に犠牲になるのは女でな。最後に男が死ぬ訳だが、この男が爺さんばかりでな。なかなか手際よくは、いかないらしい……」

「自決は軍が命じるのか」

震え声でテルマが問うと、呉島はいっとき考えるような目になってから、

「分からん。アメリカ軍に捕えられる恐怖からなのかも知れん。だがいずれにしても何らかの力が働かなければ、好き好んでそんな残酷な真似をする奴はおらんだろう」

と言った。ややあってから、

「この戦争で沖縄の人たちは食い物から人の命から、何から何までみんな日本軍に差し出した。

挙句の果ては敵だけではなく、家族が家族を殺さなければならないところまで追い詰められている。いったい何のためだ。誰がこんな地獄のような情況を沖縄に持ち込んだんだ」

呉島は悲憤のやり場をどこかにぶつけたくてたまらないと言うような響きで言った。それから、

「まったく戦争ってのは……本当の地獄だなあ」

と、途方に暮れたように言った。

架線補修

上陸以来アメリカ軍は、ゆっくりとではあったが着実な進撃をしていた。北（読谷）、中（嘉手納）の飛行場はとうにアメリカ軍の手に落ちており、読谷、嘉手納、北谷《ちゃたん》などの中頭地区一帯は占領地域となってしまっていた。中頭地区を占領することでアメリカ軍は沖縄を南北の真っ二つに分断することに成功し、そこから北と南の二手に分かれて侵攻を開始した。

当初アメリカは沖縄守備軍である三十二軍の主力は、北の山岳地帯に陣取っているという分析だったらしい。

というのも従軍記者のアーニー・パイルが「ピクニックの雰囲気だ」と報じたように、何の抵抗も受けない余りにも楽な上陸だったからである。

日本軍の主力が北の山岳地帯に陣取っていると判断したアメリカ軍は、上陸軍の中でも最も精鋭のマリン部隊を北に差し向けた。だが日本軍は北にはわずかの兵力しか配備していなかったため、最北端の辺戸岬にアメリカ軍が到達したのは、進軍を開始してから十日あまりしか経っていない四月の十三日のことだった。

北の玄関先に当る本部半島の沖合に浮かぶ伊江島には飛行場があったため、ここには特別に井川少佐が指揮する第二歩兵大隊と独立機関銃中隊、速射砲中隊、野砲小隊など二千七百人の兵員が守備に当っていた。

この狭い伊江島にアメリカ軍は戦艦や巡洋艦、駆逐艦など十隻あまりの艦隊で、一斉に艦砲射撃を加えた。

その上に上陸予定地点には艦載機で数百発のナパーム弾を投下し、さらに念入りに臼砲やロケット砲を浴びせて日本軍を完全に沈黙させてしまった。

アメリカ軍がその後に悠々と上陸してきたのは、四月の十六日のことだった。地下壕に潜ってただただ沈黙するしかなかった日本軍は、それでもアメリカ軍が上陸してきてからは必至の抵抗を試みた。だが砲撃によって破壊されていた日本軍の砲台が威力を発揮することはなく、急拵えの爆雷を抱いて捨て身で戦車に突っ込んだり、夜間の切り込みを敢行したりという、むなしい特攻攻撃を繰り返すことしか出来なかった。それでも日本軍は死力を尽くしてたたかい、五日間持ちこたえた。

アメリカ軍が伊江島を完全に占領したのは二十一日のことだった。

このたたかいで特筆すべきはこの島の住民たちの状況である。伊江島には年寄りや婦女子など三千八百人の島民が疎開をせずに残っていた。

伊江島のような小さな島で全面的な戦闘が展開されたら、たとえ味方の軍隊がどんなに強大であっても、一般住民の犠牲は避けようがない。しかも守備軍には住民の安全を確保するという観点はまったくと言っていいほどなかったのである。

住民たちは兵隊によって壕からも追い出され、銃砲弾があらしのように吹き荒れる中を、裸で右往左往するしか方法がなかったのである。

同島の戦闘でアメリカ軍の死者は百七十二人、負傷者九百二人、行方不明者四十六人。これに対して日本側は死者四千七百六人（住民・地元防衛隊員を含む）、負傷者を含む捕虜百四十九人と記録されている。

いずれにしろ北端にある伊江島を攻略したマリン部隊は、ここに至って北の国頭方面が日本軍の主陣地ではなかったことにようやく気が付いた。そこでマリン部隊の主力を急きょ南下させたのである。

伊江島がアメリカ軍に占領されたちょうど同じころ、嘉手納では連日はげしい攻防が繰り広げられていた。守備軍はその辺りを主戦場と定めて、嘉手納の南側に三十二軍の主力を布陣していたからである。

アメリカ軍は日本軍がいる前線に猛烈な艦砲射撃や艦載機による爆撃を加え、そのあとに数十台の戦車を先頭に立て、背後に自動小銃を持った歩兵部隊が続くという戦法だった。

だが味方人員の損傷を可能なかぎり少なくしようとするためか、圧倒的に優位であるにもかかわらずさほど急ぐ様子もみせず、侵攻は緩やかだった。それでもじりじりと毎日着実に前線を狭めてきていた。

それに対して日本軍のたたかい方は、乏しい火砲で応戦したり、昼間は壕に潜んで夜になってから砲撃が緩んだ隙をうかがって敵の陣地に切り込みをかけたりという奇襲戦法を展開しながら、果敢に戦っていた。

しかし奇襲戦法は玉砕に等しく、生還するものは稀であった。だが貧弱な備えで戦うには、兵員の損傷がはなはなだしいことを承知の上で、斬り込み戦法を採らざるを得ないというのが実情であった。そんな風で嘉手納の陥落が時間の問題であることは、誰の目にも明らかな情勢となっていた。

☆

四月下旬のある雨の晩のことだった。第五砲兵隊の司令部から呼び出しがあって、四人の勤皇隊員が司令部壕に駆けつけた。

司令部壕に呼ばれた勤皇隊員は、テルマに呉島、垣花に大里という一中の旧友たちだった。

「電話線が切られて、各部隊との交信が不能になった。貴様たちは通信兵と一緒に行って架線補修を手伝え」

壕に入った途端に司令部の将校にそう命じられた。テルマたち四人の勤皇隊員の他に三名の通信兵と一名の下士官が同道した。下士官は金線に星ひとつの伍長のようで、いかつい顔の中で目だけを無表情に光らせていた。

通信兵の中の経堂という隊長格の男は、星ふたつの一等兵のようであった。だがテルマたちと同じ年ぐらいの明らかに少年の顔立ちで、心細そうに揺れる眼差しを見せており、身体つきも華奢だった。

他の二名は十三か十四ぐらいの明らかに子どもで、みな脆弱な身体つきだった。彼らをひと目見た途端にテルマたちは、自分の任務を理解した。つまり工具箱やケーブル線などの重い荷物を運ぶのが、自分たちの仕事なのだということを。

「伍長どの。どの辺りに行くんでありますか」

呉島が怖気る風もなく訊くと伍長は、「前線だ」とだけ、押し殺したような声で言った。

この時の前線というのは、三十二軍が第二の防衛線として布陣を敷いている北西の浦添から前田、幸地、東南の我謝までを結ぶ線で、今まさに敵の手に墜ちようとしている場所だということはテルマたちにも充分に分かっている。

第一防衛線の牧港から嘉数、和宇慶までのラインはすでに敵に突破されてしまっていた。

「前線では、国頭を攻略し終えた敵軍が急きょ転戦してきて本隊に合流し、いっそう勢いを増したため、わが軍はそうとう劣勢の模様であります」

背の低い子どものような通信兵が言うと、

「余計なことを言うな」

と伍長が叱った。それから、

「前田では野砲連帯が敵の戦車部隊を阻止しているぞ。第二戦はまだまだ墜ちん」

と強気なことを言った。だがテルマたちには、どこか虚勢を張っているようにしか聞こえなかった。間もなく八人は、しのつく雨の中を出発した。

浦添村が近くなると俄然、銃砲の鳴り響く音が高くなり、時どきすぐ近くで地響きのような炸裂音がして一行の肝を冷やした。

夜空には無数の閃光が筋をひいて飛び交っている。砲弾の炸裂によって辺りが瞬間的に昼間のように明るくなるのは頻繁だった。そのためテルマたちは背中をまるめながら十メートル走っては岩の陰に隠れ、二十メートル走っては砲弾で出来た穴ぼこに飛び込むということを繰り返しながら前進するしかなかった。

だが機材を運ぶテルマたちは、他の者のように俊敏な行動をとることが出来ず、いつ自分の身体が吹き飛ばされるのかという緊張から、恐怖を感じるゆとりさえ無かった。

「な、なんだ、これは」

何度目かに着弾跡の窪地に伏せたときであった。

テルマは腕の下にぐにゃりとした柔らかいものを感じて雑のうから懐中電灯を取り出して照らしてみた。途端にぐえっと吐き気を催した。

「どうしたテルマ」

呉島がいざるように身を寄せて来て懐中電灯の白い輪の中に目を落とした。

「なんだ、人間の脚じゃないか。こんなものそこいら中にいくらでも転がっているよ」

と事もなげに言った。テルマが恐る恐る窪地の底に電灯の光を回してみると、散乱する歩兵用の弾薬ごうや背のう、九八式水筒、靴などの残骸とともに、青白く光るように転がっているのは、たしかに人間の腕や足に違いなかった。中には擬装網を付けた鉄兜を被ったままの頭まで転がっている。

「くそっ、本当にこんな前線の電話線を、補修する意味があるのか」

呉島が誰かに食って掛かるように言った。

「無線だとすぐに敵に傍受されてしまうんです」

経堂という年長の通信兵が、弱り果てたような声で言った。言葉を聞いていると三人のうち経堂だけが本式の訓練を受けてきた内地の人間のようで、他の二人はあきらかに現地で召集された下級の中学生に違いなかった。

彼らの会話は当然伍長の耳にも達しているはずだったが、伍長は何も言わなかった。

間もなく百メートルほど前方に前に土嚢を積んだ塹壕が見え、鉄兜をかぶった兵士たちが前方に向かって白煙を上げながら銃を撃っている様子が見えた。明滅する砲弾の明かりに照らされた兵士たちの顔は、いずれも油煙に黒くすすけて目だけが炯々と光っていた。

銃を撃ち続けている兵士たちは、いずれも死を恐れているようには見えなかった。だが彼らの必死の表情からテルマたちが勇気づけられるようなものは、何も見当たらなかった。

「あったぞ、あそこだ」

伍長が大声で叫びながら指差す方角を見ると、塹壕の後方の少し盛り上がった場所に、折れ曲がった電柱のようなものが朧《おぼろ》げに見えた。

「あそこはこの間まで、フクギの林だったところだぞ」

呉島が叫ぶように言った。見ると薄暗く硝煙の煙った荒土に、吹き千切られたような木の残骸が棘状《いばらじょう》に尖った折れ口を天に曝《さら》して、累々と広がっていた。

首を巡らせながら目を凝らすと、辺り一面が巨大な竜巻か落雷にでも遇ったように渺茫《びょうぼう》としており、他には何も見当たらなかった。

「ここが、あの鬱蒼とした森林があった場所か」

大里が溜息を吐くように言った。

「ナパームで焼き払われたのかも知れない。向こうにはキビ畑があったんだ」

垣花が薄闇の彼方を指差して応じた。

テルマにも確かに見覚えのある場所だったが、フクギの林はすっかり砲撃で吹き飛ばされ、地形までが無数の砲弾の窪みで変形しているようだった。

　爆風で吹き飛ばされた木々の中のどれが電柱なのかテルマには見分けがつかなかった。だが伍長には分かるらしく、あれだと暗闇の一角を指差している。見ると雨にけむる砲煙の中に、確かに枝もなにも無いつるりとした柱が一本、中ほどから折れ曲がって上半分を地面に落としたままかしいでいる。上空は流れ星の大群が通り過ぎるような砲弾の光芒で変に明るく、また頻繁に近くで炸裂する着弾の閃光で雨の夜であるにかかわらず、時々花火の夜のように辺りが明るくなった。

　八人は砲弾で出来た大きな窪みの中で、飛び出すタイミングを見出しかねていた。

　砲撃はそれほど激しかったし、こうしている間にもすぐ脇の辺りにプスン、プスンと絶えず銃弾がつきささってくるからだった。

「伍長どの。あの電柱をどうするんでありますか」

　呉島の言葉は、半ば食ってかかるような口調になっている。それもその筈で、一行が運んできたのは電線の補修をする備えだけで、折れた電柱への対処は出来なかった。

「分からん。いったいどうすればいいんだ。とりあえず状態を点検して見ることにことにするか」

　伍長はその任務を誰にするか、逡巡するように七人の少年兵の顔に、順繰りに視線を巡らせた。その後で小僧では役に立たないと判断したらしく、

「よし、おれが見てこよう」

と思い切りよく言った。通信兵はいずれも脆弱そうで頼りにならなさそうだったし、かといって通信の知識のまったくないテルマたちではなお役に立たない。

テルマたちは穴から勢いよく飛び出した伍長の背中を、固唾を呑んで見守った。伍長は林立する焼けぼっくいの間を上体を折り曲げながら走って行った。

間もなく電柱の傍に近づくと、垂れ下がっている被覆線のようなものを棒切れの先で持ち上げている。伍長の背後では着弾の発光が、絶えず明滅している。

とそのときだった。伍長のすぐ横で轟音と共に凄まじい閃光が砕け散った。思わず目をつむったテルマたちが再び目を開けたときには前方に伍長の姿はなく、かわりにその辺り一帯には煙が立ちこめ、電柱もフクギもない、黒々とした巨大な窪地が出来ていた。

「やられたっ！　やられたっ！　迫撃砲だな」

呉島が悲痛な声で叫んだ。迫撃砲は前方で闘っている塹壕やトーチカの向こう側から、曲射弾道を描いて飛んできたらしい。

「伍長どのぉ！　伍長どのぉ！」

叫びながら呉島が、塹壕から飛び出して行った。間もなく前方の窪地の辺りからちらちらと動く懐中電灯の光が見えた。

「伍長どのっ！　伍長どのぉ！」

「いたら返事をして下さい」

銃弾や砲弾の炸裂音の間隙を縫って、呉島の悲痛な声が響いてくる。間もなく呉島は、穴ぼこに転がるようにして駆け戻ってきた。

「ここは紛れもなく、最前線の真っただ中だぞ！」

絶叫するように言った。呉島の言葉を待つまでもなく、百メートルぐらい前方では野砲やカノン砲が轟音を響かせてさかんに火を噴いていたし、その前方の塹壕では、擲弾筒を曲射している兵や土塁の陰に腹這いになり必死の形相で九十二式重機を射ちまくっている兵たちがいた。そして現にこうして穴ぼこに縮こまっているテルマたちの周囲にも、ぷすんぷすんと頻繁に銃弾が突き刺さってくるのだ。

「おれは思うんだがな」

壕に戻ってきた呉島は、傍に居る通信兵たちの方に顔を向けて言った。

「あの電線は、あっち側へ繋がっていたんだろう」

前線の向こうを手で示しながら、

「見た通り、すでにあの前線の向こうは敵の手に墜ちてしまったような訳じゃねえか」

と溜息でも吐き捨てるように言った。通信兵はみな、黙っている。

「あんな前線の塹壕との電話線なんか、いくらつないだってすぐにまた切られてしまう。そんなことより、この辺りだってもはや陥落寸前じゃねえのか。だから、いまや第五砲兵隊は、首里の司令部とだけ通信がつながっていればいいんじゃねえのか」

疲れたようにそう言った後に呉島は、通信兵の返事を待つように一旦口を閉じて、皆の顔を見まわした。

「そ、そうかも知れません」

消え入るような声で経堂が返事をした。

「よし、それじゃとにかく一旦引きあげるとしようぜ」

経堂の言葉を聞くやいなや呉島は腰をあげた。

「そんなもの、ここに置いておけ」

回転具に巻かれたケーブル線を垣花と二人で担ごうとしていたテルマに、呉島がそう言った。

不満そうな顔を向ける経堂に、

「おれたちだって隊まで無事に帰れるかどうか分からないんだぜ。この際、機械も伍長といっしょに吹っ飛んだことにしたって、別に罰は当たらないさ。それともお前たちが運ぶっていうなら話は別だがな」

と少し凄むように言った。それからすぐに、

「心配するな、砲兵隊の司令部にはおれが報告するから。とにかく一人で持てるものだけ持っていこう」

と安心させるように言った。誰も一言も口を挟まず、みな呉島にしたがった。

☆

帰り道はまた来たとき以上に銃砲弾の嵐は凄まじかった。至近弾を何度も浴び、伏せては飛び起き、数歩駆けてはまた伏せるという進み方しか出来なかった。

アラレのように降り注ぐ弾丸にたまりかねた一行は、すぐ傍の斜面に見える壕の入り口に飛び込んだ。入り口は一人ずつぐらいしか通れないほど狭かったが中は結構広く、奥の壁に裸電球が一個吊り下げられて仄かに辺りを照らし出している。

中に入ってからほどなく、壕内の様子が理解出来た。

壕内には三十人ぐらいの兵隊が隙間がないほど体を密着させながら、膝を抱えて土間に腰を下している。壁に身体を寄せて立っている兵士も何人もいた。

その真ん中付近に一人の下士官が立っていて、折しも兵たちに何事か話しているところであった。転がり込んできたテルマたちに下士官はいっとき振り向いたが、すぐに持っていた荷物から通信隊の者だと判断したらしくテルマたちには何も言わず、また兵たちに向き直って話を続けた。

「いいか、いかなる形で始まろうとも戦の主役は歩兵だ。勝負は歩兵の活躍で決まるんだ。今のうちに銃剣の点検をしておけ。銃剣のないものは外に行って探してこい。そこら中に転がっているからな。出撃したら、必ず一人で三人以上は突き殺してから帰って来い。敵に囲まれたり負傷して帰れなくなった場合は自分で身の始末をしろ。まかり間違っても捕虜になるような、恥じっさらしな真似はするな」

兵たちは悲壮な顔をして下士官の言葉に聞き入っていた。命令を下し終えると下士官は、ひと息ついた後自分が先導して歌を歌いだした。

皇国の風とものゝふは　その身を護る魂の
維新このかた廃れたる　日本刀のいまさらに
また世に出る身のほまれ　敵も味方もろともに
刃の下に死すべきに　大和魂あるものの
死すべき時は今なるぞ　人に後れて恥じかくな
敵の亡ぶるそれまでは　進めや進めもろともに
玉散る剣抜きつれて　死する覚悟で進むべし

どうやら夜明けに、敵の陣地に銃剣突撃を敢行する計画のようだった。兵たちはみな自らを鼓舞するように歌ったが、意気が上がったようには見えなかった。

斬り込み隊はほとんど玉砕すると聞いている。兵たちの表情を見ていると勇ましいとか勇猛とかいう感じはせず、逆に痛々しく悲愴な感じがし、日本軍はすでにもうこんなところまで追い込まれているのかという、絶望的な感情しか沸き起こって来なかった。

「そろそろ行くぞ」

その場に居たたまれなくなっていた七人は、呉島のかけ声で押し合うようにして壕を抜け出た。外は依然として砲弾が飛び交っている。

「こりゃたまらんぜ」

壕を飛び出して間もなく震え声で言う大里に、

「爆撃機の機銃掃射がないだけ、ましだと思っとけ」

呉島が野太い声で叫んだ。

そういう呉島の声にも少し震えが窺えた。ほどなく闇の向こうに漆黒の首里城の丘陵が浮かんで見えた。だが地面はぬかるんでいるし、流れ弾や砲弾の軌跡が雨の筋よりも多いほどに辺りを飛行している。そのため前進は思うほどはかどらなかった。

テルマがずるりとぬかるみに足を取られた時だった。突然、斜め頭上で爆発音が鳴り響き辺りに閃光が走った。榴散弾が頭上ではじけたのだと思った。首をすくめながら思わず前方に目をやると、テルマのすぐ前を走っていた大里が、音もなく倒れるのが目に映った。

「大里ぉ!」

垣花の悲痛な声が聞こえたか思うと、前方を走っていた呉島がそっちへ駆け戻って来る

のが見えた。テルマがようやくの思いでぬかるみから抜け出して呉島たちの傍に行くと、

「駄目だ、やられた！」

垣花が照らす電灯の輪の中に、驚いたように目を見開いた大里の硬直した顔があった。大里の胸のあたりは右も左も破砕されたように潰れて、赤黒い血に染まっていた。

ふと気が付くと、少し後ろで子どもの通信兵が泣きじゃくっている。傍で経堂が、「上原ぁー」と押し殺したような声をあげていた。

呉島と共にテルマがそっちに行くと、通信兵が照らす懐中電灯の光の中で、眠るように目をつむった上原少年が横たわっていた。砲兵隊の壕の中で「わが軍は相当劣勢に立たされている模様であります」と言って、伍長に叱られた少年だった。こちらもすでに呻き声さえ発しなくなっている。どうしたらいいのかとおろおろしているテルマたちに、

「撤収だ。骨は後で拾いに来よう」

命令するように呉島が言った。それから呉島は、

「万が一のために、水筒と略帽を持って行こう」

と通信兵に言うと自らも大里の傍に戻り、名前の入った略帽と九八式水筒を遺体から外した。あわてて通信兵もそれに倣い、上原少年兵の帽子と水筒を外した。

それが後で遺品として家族に渡すための行為だということは、テルマにも分かった。

三十二軍司令部壕

南下したアメリカ軍のマリン部隊が、首里戦線の陸軍部隊と合流したのは四月の末のころだった。

その後の首里戦線におけるアメリカ軍の攻撃はいっそう厚みと激しさを増し、もはや三十二軍の陥落は時間の問題となっていた。三十二軍というのは牛島満中将が率いる『沖縄守備軍』のことである。

☆

「おい貴様ら三人は司令部に行って、無線機を受け取って来い」

テルマが呉島と垣花と共にそんな命令を受けたのは、戦局がいっそう厳しくなっていた四月の末のことであった。戦場の間っ只中を砲弾をかい潜りながら、少年兵だけで無線機を運んで来るというのは過酷な任務であったが、軍には容赦が無かった。

もっとも大砲の弾には誰彼の分け隔ては無かったから、一人前の熟練した兵士にとってもそれは、困難な任務であることに変わりは無かった。

三人はようやくの思いで司令部にたどり着いた。

守備軍の司令部は琉球王国の居城であった首里城の真下に掘られた、壕の中にあった。野戦築城隊の駒場隊長の指揮の下に、兵隊たちと共に沖縄の学生や現地召集の防衛隊員などが数kか月かかって掘りあげた巨大な地下要塞である。

地下三十メートルの深さの所に高さ二メートル、幅二・五メートルの坑道が二キロもの長さに掘られ、沖縄師範学校や首里国民学校の校庭、或いは金城町などまで突き抜けることが出来る出口が五か所にあった。

第一坑道の入り口には、『天の岩戸戦闘司令部』と墨書された看板が下っていた。一説には長勇参謀総長が起筆したものと言われる。

テルマたちは坑道の左右に連なっている幾つもの機能別に分かれている壕の中から、ようやく通信室になっている壕を見つけて中に入った。

通信室の壕は壁に向かって数台の机が並べてあり、その上をカタカタというせわしない音やキー、ガシガシ、シャーというような電子的な音がせわしなく飛び交っている。

机の前では十人ぐらいの通信兵たちが、それぞれ両耳に受話器を装着しながら、台の上に並んだ通信機器の前で熱心に送受信に励んでいる。テルマはさすが三十二軍の司令通信室だと思って、しばし見とれた。

　台の前に座っている通信兵はほとんどがテルマと同年代ぐらいの少年兵だが、奥に一人だけ二十も半ばぐらいのどこかあか抜けた将校のような兵がいた。帽子も剣も帯びていず、半袖の防暑用襦袢という形式ばらない恰好で、若い通信兵の背後から腰をかがめてレシーバーの片方だけを手で耳にあてがっている。

　その兵士は、少年兵の前のラジオのような機器に目を注ぎながら真剣に受信機の音に耳を傾けていた。

　テルマが立ち止まったのは、その兵が椅子に腰かけて受信機に向かっている少年兵に話している言葉使いに、ひどく関心を惹かれたからだった。

「もっとはっきり摑まえられないかい……」

　少年兵はさかんに目の前の機械のダイアルのようなものを回しながら、何かの音を摑まえようとしている様子だった。

「うーん、これが限度か、残念だが仕方がない。でもよく頑張ったね」

　防暑襦袢の兵は少年兵の肩を軽く叩いて、レシーバーを耳から放した。遠目にはよく分からないが金筋が入っている襟章をみると、将校であるのは間違いなかった。テルマが気を惹かれたのは明らかに上官であるにもかかわらず、その将校のおよそ命令口調でない柔らかで包み込むような言葉づかいに、久しぶりに何か都会的で品のいい、新鮮な響きを感じたからだった。

「長堂君じゃないか」

ふと自分を呼ぶ声にテルマがそっちを振り向くと、通信室の隅っこの方で何かの機器をいじっていた少年兵がこっちを見て微笑んでいた。

「元気だったか、と言うより、生きていたか」

昨年の春に和歌山に移住して行った、尋常小学校時代の岡野という同級生だった。

「岡野君、なんで君がここに」

「去年の秋にな、大阪の無線電信講習所に入ってな、速習で三級無線の通信士の資格をとったんだ。そしたら即、ここに配属ってわけさ」

驚いて尋ねるテルマに、岡野は懐かしそうに微笑を浮かべて立ち上がってきた。

「とんだところに舞い戻って来たな」

「なに、南方にやられてたら、今ごろはとっくに死んでいたかもしれん。人生十六年さ。この時期、どこも安全なところなんかないよ」

岡野は学生たちの間で流行っていた『人生十六年』という言葉を、いとも簡単に口にすると口元だけゆがめて笑った。そのまま通信室壕の入り口付近で、しばしの立ち話になった。

「無線機をもらいに来たんだけど」

「こいつだ。これは九六式三号乙無線機というんだが、どうも調子がいまいちでな、困ったもんだよ。電線はしょっちゅう切断されるし、無線はノイズがひどくてよく聞きとれないしでな……」

焦りを滲ませた声で言ってから岡野は、心もち口をテルマの耳に近づけると急に声を潜めて、

「どうも電子機器においてはわが日本は、敵さんに、一歩も二歩も遅れているようだ」

と今しがたまでの微笑を吹き消したような顔になって言った。さらに岡野は、

「もっと多くの情報をつかめるようだと、味方の被害を最小限に食い止めることができるんだがね」

と半ば苦渋の色さえ見せて言った。

これまで艦載機による那覇の爆撃や無数の艦船による艦砲射撃などアメリカ軍の圧倒的な機動力を目にしてきたテルマは、その時遅れているのは何も電子機器だけではあるまいと端的に思った。

それと同時に先日呉島がふと漏らした、

「なんだってあんな金持ちの国に喧嘩を売ってしまったのか、おれにはさっぱり訳がわからんよ」

という言葉が思い出されて、にわかに壕の天井がのしかかってくるような寒気を覚えた。

「あの様子のいい人は、通信隊の隊長なのか」

話題を変えるように先ほどの都会的な臭いのする将校のことを指して言うと、

「ああ、杉村少尉殿か。あの人は特別な人なんだ」

いっとき岡野は、言いよどむ様子をみせたが、

「いじっているのは磁気録音機だよ。敵のモールスや会話を録音するものでな……あの少尉は中野から来た情報将校でな、特殊任務の人だ」

とだけ言った。帰るとき岡野は「別な入り口から出た方がいい」と言って先に立った。

無線機は背のうに入れて呉島が背負った。司令部の壕は広く迷路のような枝道が幾重にも別れていた。

数十メートルほど行くと少し広くなった場所があり、そこに二十人ほどの若い女たちがたむろしていた。椅子に腰かけて足を投げ出しているものやクバの葉の団扇で、はだけた胸を煽いでいるもの、赤い口紅に煙草をくわえているものなど、ほの暗い裸電球の下で見ても艶めかしさが感じられる女たちだった。

思いがけない処での場違いな景色に、テルマたちはしばし目を奪われた。

「何をじろじろ見ている。さっさと行かんか」

女たちに気をとられながら無意識のうちに歩を緩めていたテルマたちの上に、突然かみなりが落ちた。

女たちに気をとられて気が付かなかったが、二人の将校が銜え煙草でそれぞれ片手に女を抱きながら、その中で立ち話をしていたのだ。

テルマたちはあわててその場を立ち去った。

「なんだろう、あの女の人たちは」

「避難して来ているんじゃないか」

テルマの疑問に垣花が応じると、

「ばか、あれはね、朝鮮人の特殊部隊なんだよ」

と笑いながら岡野が言った。

「なんだ特殊部隊って」

「慰安婦のことだよ。将校たち専用の戦地妻ってやつだよ、知らなかったのかい」

言いながら岡野は、どこか自分を貶《おと》すような忍び笑いを浮かべた。

「へっ、この時局に将校さんは優雅なこったな」

呉島が大人びた口を利いた。だが呉島を含めて、どのみちまだみんな十六歳の少年で、情況が充分に理解出来ている訳ではなかった。だが、そういうことかという妖しい思いは残った。テルマには、今しがたの暗がりにたむろする女たちが、決して呉島の言うような優雅な姿には思えなかった。それどころかどこか寒々とした、物悲しい風景に思えるのだった。

別の出口はフクギの林の中にあり、そこはまだ無事だった。外は依然として砲弾の音が鳴り響き、銃弾がしぶき雨のように飛び交っている。入り口で飛び出すタイミングを測っていると「長堂君」と呼ぶ声がした。

振り向くと岡野が、

「死ぬなよ」とどこか思いつめたような響きで一言だけ言った。それと重なるように呉島の声が響いた。

「テルマ、行くぞっ!」

躊躇している事態ではなかった。テルマはいっときの思念を振り払った。

三人は壕から飛び出すと、脇目もふらずに銃弾が飛び交っているフクギの林の中を走り出した。

☆

「どうだった司令部の様子は」

「何かいい情報はあったか」

一中壕へたどり着いた三人の回りに学友たちが寄ってきて、次々と質問を浴びせた。みな壕の中で終日為す術もなく首をすくめていたので、まるで一条の光を求めるように新しい情報に飢えていたのだ。だが仲間に伝えるべき朗報は何もなかった。

「司令部の長参謀長は、この戦の最中にも女を横に侍《はべ》らせて、昼日中からウィスキーを呷って、赤い顔をして酔っぱらっているらしいぞ」

「嘘、本当か？」

呉島の話に驚いた級友たちは、真偽を確かめるようにテルマや垣花の顔を見た。

「嘘じゃない。おれは司令部にいる下士官どうしの立ち話をこの耳で聴いたんだ」

呉島はせせら笑いながら言った。先ほどの壕の中の女たちを思い起こすと、有り得ないことではないとテルマも思った。

「参謀長がそんなで、本当にこの戦争に勝てるのか」

「大本営の命令で、砲兵隊をフィリッピンに転出させられ、第九師団を台湾に廻されてしまったため、これまでの作戦がぜんぶふいになってしまったらしい。それで牛島司令官も長参謀長もすっかりやる気を無くしてしまっていると言うんだ」

伊計が呉島の話を補完するように付け足した。

「本当か、それじゃ三十二軍の司令部と大本営は、うまくいってないって言うのか」

「長参謀長は大本営が無能だから、この戦は勝てん、と嘆いているらしい」

どうやら呉島は、司令部壕の中から誰よりも多くの情報を摑んできたらしい。

「いったい何を考えているんだろうな、司令部の人たちは。それじゃ兵隊が可哀そうじゃないか」

級友の一人が情けなさそうな声で言った。

アメリカ軍は台湾を素通りして沖縄に集中して攻め込んで来ている。敵の動きを読めずに沖縄の防備を事前に殺いでしまった大本営は、確かに無能と言われてもしかたあるまいとテルマは思った。

だがそれよりも憂慮すべきは、そうした司令部を誹謗するような噂が、下士官の間に飛び交っていることだ。そのこと自体、軍の規律や士気を削ぐ事態ではないのか。テルマの脳裏を、司令部壕の中に居た慰安婦と堕落したような二人の将校の姿がよぎった。そしてあの風景と、いまこの瞬間も最前戦で命がけで闘っている兵士たちの光景との落差に、言い知れぬ焦燥を覚えた。すると日本がというよりもこの沖縄が、暴風雨の中でいまにも吹き千切れそうに揺らいでいるガジュマルの樹のように心もとない状態に置かれているような気がしてきた。

総攻撃

四月の終わり近くになるとアメリカ軍は、いよいよ首里に迫ってきていた。首里の頭上には連日雲霞《うんか》のごとく敵機が乱舞して、低空から地上目がけて手当たり次第に機銃を乱射した。

テルマたち一中壕の周辺では、ごく至近でひっきりなしに砲弾が炸裂するようになっていた。首里の攻防戦では、敗色の濃い日本軍は一日に五千人の戦死者を出しながらも断末魔のごとき苦痛に耐えながら、必死で戦線を維持しているという情況であった。

もはや三十二軍には、敵を懐ふかく引き入れる「陽動作戦」も「持久戦法」も何もなく、荒れ狂う鉄の嵐を避けるため、ただ壕の中でじっとしているしかなすすべがなかった。

そんな中でも第五砲兵隊は前線の前田、幸地の六十二師団を援護するためにその背後にあって果敢に砲撃を展開していた。テルマたち一中勤皇隊も砲弾運びに駆り出されていたが、アメリカ軍の間断のない艦砲射撃と戦車砲の猛烈な威力の前に劣勢は蓋うべくもなく、誰の目にも陥落するのは時間の問題に思えた。

　テルマは、いつ自分たちの頭上に敵の砲弾が着弾するかも知れない環境の中で、一晩中砲弾運びに駆け回り、くたくたに疲れていた。このままだと爆弾でやられるより前に、疲労で倒れてしまいかねないと弱気になっていたところへ、明け方になってようやく勤皇隊の交代要員が来たので、ほっと安堵の溜息をついたのだった。

☆

　一中の壕に帰ってくると、果たして自分たちの壕が砲撃でやられていた。土砂崩れでえぐられたかのように赤土が露呈し壕の部分が上から陥没している。

　入り口付近はすっかり土砂に埋もれて入りようもなく、中に置いてある荷物は取り出しようもなかった。

　幸い壕の者たちは皆、砲弾運びに駆り出されていたので犠牲者はなかった。テルマと呉島、垣花ほか数人の仲間たちは、仕方がなく隣の壕に入った。隣の壕には負傷した兵隊が二人ばかり横になっていた。

「おれたちの壕もやられたんだ。おれたちは奥の方にいたために助かったが、入り口近くに居た奴らは土の下だ。自分が這い出すのに精いっぱいでとても助け出すことなんか出来なかった。五人ばかり居たんだが、多分、駄目だろう……」

一人が喘ぐような声で言った。

薄暗いランプの灯りの下で目を凝らすと、地べたに横たわっている二人の兵士は、上から下まで土埃にまみれて白く汚れていた。埋もれた土塊の中から自力で脱出してきたことがひと目で分かり、彼らの言う通りとても仲間を助ける余裕などなかったことも頷けた。

「この壕の人たちはどうしたんですか」

テルマが聞くと、

「半分は前線だ。残ったやつらは、潰れた貯蔵壕を掘り起こしているはずだ。貯蔵壕もやられたんだ」

苦しそうに言った。テルマはとりあえずランプを灯した。それから横たわっている兵士の傷を見ようとして傍にしゃがみ込んだ。あばら骨付近がやられているらしく、腹部が赤黒く汚れた血に染まっていた。

手当をしてやろうにも辺りには医薬品も包帯の類いもなく、また衛生兵も居なかった。壕の地べたに腰を落として途方に暮れているうちに猛烈な睡魔におそわれた。それは抗いようのない力で、いきなりテルマをどんと強い眠りの淵に引きずり込んでいった。

どのくらい寝入ったのだろうか。ようやくまどろみの底に身体が沈みかけたように感じたとき、いきなり揺り起こされた。気が付くと垣花が自分の肩を揺さぶっている。

「貴様たち三人で、一緒に行ってこい。それからついでに新川辺りの民家に行って、酒を調達して来い。酒でも飲まなければとてもやって居れん」

目の前に油煙にまみれたように黒くなった兵隊が数人立っていた。話しているのは下士官のようだったから、どうやら何かの任務を与えられたらしいとテルマは、眠い目をこすって立ち上がった。

傍らの地べたに目をやると先ほどの兵士はすでに死んでおり、もう一人の方は隅に寄せられて荒い呼吸をしていた。二人とも星ひとつの二等兵だった。

よろけるようにして立ち上がると三人の兵隊が銃を片手に豪から出ていくところで、呉島と垣花がその後に従っていた。どういう任務なのかよく分からないままあわててテルマも後を追った。

「いいか、軍からの徴集だといって、酒は必ず手に入れて来い」

テルマの背中に叩きつけるような、下士官の罵声が浴びせられた。

「どこへ行くんだ」と垣花に尋ねると、

「よくは分からんが新川の方らしい」と答えた。

新川まではーキロとちょっとの距離だが、なにせ辺りは銃弾と砲弾が吹き荒れる戦場の真っ只中だ。

「酒を調達しに行くのか」

歩きながらテルマが小声で垣花に問うと、

「壕がやられたろう。かわりの塒《ねぐら》を確保しに行くんだ。酒はそのついでだ」

と何の感情も窺わせない声で言った。

新川まで行き着かないうちに兵たちは、ある集落でさっそく仕事にとりかかった。その集落の背後にこぶ状に盛り上がった山丘があり、その麓の処に壕の入り口のようなところを見つけたのだ。

さっそく入っていくと果たして中は広い壕で、この界隈の農民らしい住人が二十人ほど潜んでいた。ほとんどが女と子どもと老人ばかりだった。

兵の中の下士官らしい男が、

「隊の壕がやられた。かわりにこの壕を接収するので、皆には直ちに壕から出て行ってもらいたい」

と命令口調に言った。すると中の長老格らしい男が猛然と抗議をした。

「勝手なことを言わんで下さい。この砲弾が飛び交っている中に、われわれ年寄りや女子どもを放り出すってことが、いかに無茶苦茶なことか分からない訳ではないでしょう」

年寄りにしては流ちょうなヤマトゥグチを喋った。元は学校の先生か官庁関係で働いた人なのだろうとテルマは思った。

「うるさい、つべこべ言うんじゃない。おれ達はこの沖縄を護るために命をかけて頑張っているんだ。それに協力出来ない者は非国民だぞ」

「そうは言うけど、そもそもなんでアメリカが沖縄に攻めて来るですか。まさか沖縄の住民を殺すのが目的ではないでしょう。それは日本軍がいるからですよ。日本軍の兵隊や飛行場や基地がなければ、誰もこんな小さい島に大砲をぶっ放したりはせんですよ」

老人は負けじと下士官に喰ってかかった。

さらに言い募ろうとする老人の腹部にいきなり下士官の右足がめりこんだ。老人は案山子のようにたわいもなく地べたに転がった。テルマははっとして目を覆いたくなった。日本兵が沖縄の、しかもこんな年寄りを痛めつける姿は見たくなかった。

下士官は「ちっ」と舌打ちをしてから、

「貴様等には皇国を護るという気概がないのか。だいたいなんでお前たちは本土に疎開して居ないんだ。女と年寄りと子どもは、集団で内地に疎開することになっているはずだろう」

老人を蹴ったことを、糊塗するように言った。

「集団で疎開すると言ったって、対馬丸が撃沈されたじゃないですか。その前は富山丸が沈められたし、奄美諸島の周りにはアメリカの潜水艦がうじゃうじゃいるというじゃないですか。内地への疎開は集団で自殺するようなもんだって、誰もが思ってるですよ」

老人は身体を起こしながら、なおも言い募った。痩せた身体のどこにこんな力があるのかと思えるほどに、不屈な態度だった。

昨年の夏に東条内閣は、南西諸島の老幼婦女子と学童を、九州に集団疎開させることを緊急に決めた。沖縄を本土防衛の捨て石にするためであった。だが疎開船の「対馬丸」が悪石島の沖合でアメリカの潜水艦に撃沈されてしまった。「対馬丸」には千七百名以上の学童と一般人が乗っていたが、そのうち生存者はわずか百七十七名だけだった。

またそれより二か月まえの六月には「独立混成第四十四旅団」を乗せた「富山丸」が沖縄に向かう途中でやはりアメリカの潜水艦に撃沈されていた。「富山丸」には四千名以上の将兵が乗船していたが生存者は数百名だけであった。

「うるさいっ、これ以上ぐずぐず言うと軍令違反で、今この場でこの俺が、貴様たちを撃ち殺すぞっ！」

理屈で言い負かされた下士官は、ついに目をむいて怒りだし、歩兵銃の銃口をその老人に向けた。すると一緒に来たあとの二人の二等兵も下士官にあわせるようにして銃口を上げ、筒先を住民に向けて揃えた。

銃口を向けられた住民たちは、はっとした表情になって一斉に退いた。

だが長老格の老人はあわれむような目を下士官にむけたまま、一歩も退かずにその場に立ち続けている。テルマは自分も兵隊たちと同じようにしなければいけないと思ったが、同じ沖縄のそれも目上の人たちに銃を向けるということには強い抵抗があった。

筒先をそのまま下に向けたままでふと横をみると、呉島も銃は下に向けたまま無言でなりゆきを見守っていた。垣花だけが筒先を中途半端に斜めに向けていた。

二十数人の老人や女、子どもたちが、おろおろとよろばうように壕を出て行ったのは、それからほどなくだった。住民たちが出ていくとき、その荷物に目を走らせていた下士官が、

「そいつは軍が徴収する。こっちによこせ」

と言って一人の老人から白い臍徳利のようなものを取り上げた。中身は泡盛のようだった。

「貴様ら鉄血勤皇隊は、ここに残ってしばらく壕を確保しておれ。おれたちは隊にもどって報告してくる。いいか、民間人が逃げ込んできても決して中に入れてはいかんぞ」

下士官はテルマたちにそう言い残すと二人の兵を連れて出ていった。

「けっ！　こんな任務は、二度とごめんだな」

下士官たちの姿が見えなくなってから呉島が、吐き捨てるように言った。

「あの住民の人たちは、これからどこへ行くんだろう」

胸の中に複雑な思いを抱きながらテルマが言った。

「南に下るしかないだろう。戦闘がこんなに激しくなる前に、命令にしたがって島尻方面に避難していればよかったんだ」

垣花が言った。三人はそれぞれ忸怩たる思いでくちびるを噛みしめた。少し経ってから

テルマが思い出したように口を開いた。

「ぼくたちが住民の人たちに一緒に銃を向けなくても、あの下士官は何も言わなかったな」

「さすがに同じ沖縄人同士に銃を構えさせるのは、気がひけたんじゃねえのか」

呉島が嘲笑するように言った。

「戦闘が激しくなるにつれて、兵隊たちは日に日に荒っぽくなってくるな」

垣花が言った。いっとき静寂が訪れ、ランプの明かりだけが頼りなく揺らめいた。

「おれは思うんだが、先日までは沖縄を守るために戦うんだと自分に言い聞かせてきた。つまり沖縄の住民をな。だがこうやって沖縄の人間をいじめる兵隊たちと一緒に居ると、自分はいったい何を守ろうとしているのか分からなくなるよ」

呉島が珍しく気弱なことを言った。

「だが目の前に敵が攻めて来てるんだから、とにかく戦うしかしょうがないんじゃないか」

垣花が皆を鼓舞するかのように言った。

「でもさっきの爺さんが言ってたよな。この島に日本軍さえいなければ誰も攻めてなんか来ないって」

「ああ、そう言った。あの人勇気があったよな。そうとう教養のある人みたいだった」

「そう言えばきれいなヤマトウグチを話していたな」

テルマの言葉に垣花も同調した。同じ沖縄人にあのような気骨のある人が居るという誇らしさと同時に、日本軍の下働きのような自分たちの任務に確信が持てない複雑な心境だった。沖縄では昭和十五年ごろから皇民化の一環として『標準語励行運動』というものが強制され、学校ではウチナーグチを話した生徒は罰則として『方言札』という札をぶら下げられて見せしめにされた。だが年寄りはなかなか新しい言葉を覚えられず、そのことが日本兵との間に齟齬を生み、スパイ容疑などの悲劇を生み出す一因ともなった。

☆

アメリカ軍の猛攻はいっそう激しさを増すことはあっても、決して緩むことはなかった。だがその進攻は緩やかで、この二十日余りの間に前進したのはわずか二キロぐらいに過ぎなかった。守備軍司令部は苦戦を強いられながらも一方で、前線の第六十二師団はよく戦っていると一定の自負もしていた。

だがそれは甘い見方で、アメリカ軍の進攻速度が緩やかなのはそれなりの訳があった。アメリカ軍は圧倒的に優勢な武器と兵力を持っていたから、あえて事を急いで危険な進撃を展開するという戦法は極力避けたかった。そして自軍の兵士の損傷を最小限に抑えるために空からの攻撃をいっそう充実させようと、手中にした北と中の飛行場の整備に着手していた。また背後の兵たんを十分に確保しながら進むという、余裕のある進撃方法をとっていたのだった。

この点で兵士たちの命そのものを兵器に見立てて、玉砕攻撃や特攻攻撃などの自爆作戦を繰り返す日本軍とは、決定的に違っていた。しかし、そうした戦線の一種の平衡状態も長くは続かなかった。

沖縄北部をほぼ攻略し終わったマリン部隊が南部戦線に合流したことによって、前線の日本軍の守備体勢が大きく崩れだしたからであった。

戦局を決定づけるのは今だと判断したアメリカ軍は、最前線にいる六十二師団の上に猛烈な艦砲射撃と飛行機による低空からの爆撃、さらに地上からの大型大砲による乱射を加えてきた。

アメリカ軍による地形を変形させるほど凄まじい爆撃は、守備軍の塹壕といわず土塁といわずトーチカといわず、何から何まで根こそぎ破壊していった。

このまま壕の中でただ気配を窺っていては、六十二師団はおろか三十二軍そのものの存在が危うくなる。軍司令部では連日戦略会議がもたれていた。戦略会議とはいっても目下の状況で起死回生の妙案があるわけではなし、主論は残る総力を結集して総攻撃に打って出るかどうかということに傾いていた。

三十二軍にはまだ、背後の湊川沖に停泊しているアメリカ艦船の上陸にそなえて配置している第二十四師団と独立混成第四十四旅団が残っていた。今前線で戦っている六十二師団にこれらを加えて総攻撃に撃って出ようというのが、攻撃論者の主張であった。

これにたいして八原参謀は、湊川の軍を引き揚げて背後から敵に攻撃されたらそれこそひとたまりもない。総攻撃はすなわち自爆にひとしく、湊川のアメリカ軍の動向を明らかにせずに第二十四師団と混成四十四旅団を引き揚げるのには反対である。またこの首里の前線は果たして最後の決戦場にするのにふさわしい場なのかどうか疑問であるとして反対の論陣をはって一歩も引かなかった。

八原は陸大出の秀才だが昭和八年にアメリカに留学しており、日本とアメリカの工業力の大きな違いを熟知していたから、初めからアメリカをあなどってはいなかった。その戦略イデオロギーにもアメリカ式の思想があり、他の将軍たちのように兵の命を軽んじてはいなかった。玉砕というのは言葉は勇ましいが、その実態は無益の死に他ならない、あくまでもそうした事態を避けるのが統帥の本道であるというのが八原の主張であった。

だが三十二軍はすでにこの論戦の前にも、二度ほど長参謀長などの主張によって総力的な攻撃は試みていた。その結果はいずれも惨憺たるもので、敵にさしたる損傷を与えることなく、反対に味方に多大な戦死者を出したのみであった。

ただそのときは、湊川方面の守備軍はまだ動かしてはいなかった。

八原博通大佐の戦略は、可能なかぎり兵の損傷を少なくして、いかに長く戦うことができるかということであり、沖縄守備軍が第九軍を引き抜かれたときからとっていた『持久戦法』は八原の立てた作戦であった。

総攻撃は追い詰められた末にこれまでの作戦を全て投げ捨ててしまう、破れかぶれの戦略に過ぎないというのが八原の主張であった。

司令部の意見は真っ二つに分かれた訳だが、いずれにしても現状のままでは間もなく前線が破られ、アメリカ軍の猛攻が司令部の真上に襲いかかってくるであろうことは火を見るよりも明らかであった。前線の六十二師団が何とか持ちこたえている今のうちに司令部は、早急に結論を出さなければならなかった。

最後は軍司令官の牛島満中将の決断で、総攻撃ということに決まった。牛島はそのとき八原にこう言った。

「確かに君の言うとおり、全滅するかもしれない。だが軍もぼくも、最後の覚悟はとおに決めているんだよ」

また参謀長の長勇中将が言った、

「ここはもはや論議している時ではない。八原君、このわしに命を預けてくれんか」

との一言が、八原を沈黙させたとも伝えられる。

沖縄守備軍、すなわち第三十二軍はここに乾坤一擲の総攻撃を展開することになった。

決行は五月四日と決められ、八原参謀は薬丸、水野の両参謀とともに直ちに作戦を立てることになった。作戦の決行を五月四日と定めたわけは、その日の天候が雨と予報されていたからである。雨ならば泥濘のためにアメリカ軍の戦車をはじめとする機動力が思うように働けまいという読みからであった。

総攻撃の前日、五月三日の夜は司令部壕で、将官たちによって結果を待たずして戦勝を祝う祝宴が持たれた。集まったのは牛島司令官、長勇参謀長をはじめとする第二十四師団長の雨宮中将、第六十二師団長の藤岡中将、歩兵第六十三旅団長中島中将、海軍陸戦隊の大田司令官、混成四十四旅団の鈴木少将、歩兵第六十四旅団の有川少将、軍砲兵司令官の和田中将の九人であった。

祝宴は夜遅くまで続けられ、長参謀長は恒例になっている裸踊りまでやったという。これは将軍たちの半ばあきらめと、ほんのわずかの願望を籠めた、悲壮な祝宴であったと言えるだろう。

だがこの宴会の最中も八原大佐ほか三人の参謀たちは、明日の戦闘をいかに効果的なものにするかで苦慮していたのである。こうして沖縄守備軍は小雨に煙る五月四日の早朝に、最後の力を振り絞って総攻撃に打って出たのである。

五月四日の総攻撃については、戦況をごく簡略に述べるにとどめよう。四日早朝、三十二軍の砲百門が一斉に鳴り響き同時に進軍が開始された。第二十四師団は二手に分かれてアメリカ軍に占領されている前田高地と棚原、幸地奪還を目指して敵軍にまっしぐらに進んだ。歩兵だけではなくこの日はこれまで出動することのなかった虎の子の戦車第二十七連隊も初の出陣となった。また海からも船舶工兵隊が海岸沿いに布陣を張っていたアメリカ軍の背後に上陸した。

戦場は砲煙が一面に霧のように立ちこめ、始めのうちは目視ではなかなか戦況が分からなかった。軍司令部は各部隊から来るはずの伝令の戦況報告を今か今かと待っていたが、なかなか伝令は来なかった。途切れ途切れに入ってくる情報はその都度良かったり悪かったりで、将軍たちはそのたびに一喜一憂した。

午後になり視界が幾らかよくなり、刻々と情報ももたらされるようになった。それによると各部隊はアメリカ軍の猛烈な砲撃の前に進撃をはばまれ、ただ地べたに這いつくばって、かろうじて戦線を維持しているに過ぎないということであった。それすらも時間の問題で、守備軍はすでに兵力の多数を失っており、このままではそう時間を経ずして全滅はまぬがれないという状況であることが分かった。

午後になって視界が開けてきたのは、日本軍が大砲の弾をほぼ撃ち尽くしたということが理由であった。

また敵の背後に上陸した船舶工兵隊は、水際でアメリカ軍の猛烈な火砲を浴びて多数の兵力を失い、かろうじて上陸した兵も敵の戦車群の前に次々と倒れ、敵に何らの損傷も与えることが出来ずに、全滅したということだった。

装備の差は決定的で、一日に三百発しか撃つことが出来なかった日本軍に対して、アメリカ軍は三万発を超える砲弾を撃ち込んできたのだった。それでも日本軍は大量の戦死者を出しながらもどうにか二日間だけは持ちこたえた。

二日間の損傷は五万名の戦傷者と一万四千名の戦死者を出した。結果的にみればこのたたかいは、敵の猛攻のまえに為す術がなくただじりじりと穴倉の中で臍を噛んでいた将軍たちの、無謀で捨て鉢のような攻撃に過ぎなかった。そして当然のことながらそれは、窮鼠猫を噛むという古事にさえ当らない、完全な失敗に終わったのである。

敗走

五月の半ば過ぎ、守備軍の防御第二線のかなめである前田高地が完全に敵の手に陥ちた。ついで最後の第三防御線である真嘉比が陥落して首里市は前線を失い、これにより首里城地下にある第三十二軍司令部は裸で敵の面前に晒されることになった。

もはや其処には前線も後方もなかった。医療班も通信隊も居残っていた住民たちも、前線で戦っている兵士と何ら変わるところなく砲弾の嵐に曝《さら》された。

敵の攻撃の最前線と、わずか二キロぐらいの場所に対峙している軍司令部というのは、まだかつてどの戦線でも経験したことのない事態であった。最後の防御線であった真嘉比の陥落は、つまりは首里からいっさいの戦略的な価値を失わせてしまったということにほかならなかった。

三十二軍司令部がこのまま座して死をまつということは、すなわち沖縄における守備軍の壊滅を意味した。

だがこの期におよんでも軍司令部のなかには意見の対立があり、今にも崩れ落ちるほどに揺らぐ壕の中にあって、無駄に時間を費やしていた。多くの意見は首里に愛着をもつ第六十二師団の将校たちによる、このまま首里に留まって最後の一兵まで戦うという玉砕論であった。

それに対してもう一方の主張は、この際沖縄最南端の喜屋武半島まで退却し、そこを最後の戦闘の地として戦うというものであった。喜屋武は第六十二師団とならんで守備軍の中核である第二十四師団の本拠地でもあり、まだ相当数の軍需品が残っている筈であった。また背後は三、四十メートルの断崖絶壁なので、背後からの陸地による敵の攻撃に備える必要がない。

さらに正面は標高百五十メートルの高地であるため敵を迎え撃ちやすい、と言うのが退却を主張する者たちの理由であった。最後は結局、長参謀長と牛島司令官の決断によって喜屋武への撤退案が採用された。

全軍玉砕という道を回避させたものは、牛島司令官の決断にあった。牛島は沖縄に赴任する際に、梅津美治郎参謀総長から、

「くれぐれも玉砕などという捨て鉢な戦法をとらずに、一日でも長く敵を引きつけて、本土のために時間を稼いでくれ」と言われていたことが頭の隅にあった。もっともこうした軍の悪あがき、と言って悪ければ無益な粘りが、沖縄の住民にとってはより一層大きな不

幸をもたらす原因になったのであったが。

ただ問題は、撤退は最も敵の攻撃に晒されやすい多大な損失を生じる行為である、ということだった。

背後から敵の砲撃や機銃掃射、艦載機からの爆撃などの猛追を受ければ、ひとたまりもない。したがって撤退にもそれなりの作戦は必要であった。

そこで考え出されたのが、『退却攻撃』という戦法であった。首里の攻防で大打撃を蒙った第六十二師団の体勢を出来るだけ整備して退却する部隊の後方に配置し、あちこちに潜みながら局地的な戦闘を仕掛けることで、敵の追撃軍の注意を逸らして時間をかせぐ。

その間に本隊が出来るだけ遠くに脱出するという戦略であった。しかる後に残った六十二師団も状況をみながら少しずつ退却していくという『退却攻撃』で、これはナポレオンがマレンゴというところの戦闘でとった戦法を参考にしたというものであった。

☆

第三十二軍司令部は本隊に先駆け、五月二十七日の未明にいち早く出発した。島尻に向かう途中の津嘉山で、退却する軍の指揮をとるためであった。

なるだけ敵に悟られないように脱出するには雨降りの日の方が都合がよかったが、幸いにこの日は朝から豪雨が降り続いた。司令官たちは巻脚絆に地下足袋、軍刀片手に副官や若干の将兵をともなってとりあえず中途にある南風原の津嘉山洞窟に向かった。

南端の摩文仁に向かう退却軍は、完全武装の上に一人一人が糧秣や武器、弾薬など、持てるあらゆる物を背負って、敵に目立たないように三々五々、司令部の後を追うように豪雨のなかを落ち延びて行った。

☆

「おい貴様ら二人は、これを金良の陣地まで背負って行け」

陣地壕を破壊されてしまい何の荷物も持たないテルマと垣花、伊計たちの身軽な姿が砲兵隊の伍長の目に留まった。荷は南京袋に入った小型のボンベのようなもので、荒縄で背負うと後ろにつんのめりそうになるほど重かった。

「いいか小僧、この中には爆雷が二個入っている。二十キロずつで四十キロだ。これで敵の戦車二輌をやっつけられる。貴様たちの命なんかよりよっぽど大事なものなんだ。必ず金良の隊に無事に届けるんだぞ」

伍長は自分の肩までもない少年たちに対して、無情にもそう言った。

テルマは身長が百五十センチ、体重は五十キロ弱で小柄だったから、自分の体重に近い荷を背負って行軍するのは、さすがに気の滅入るような辛い任務だった。

テルマに限らず、四十キロもの荷を背負ってぬかるんだ道を行軍するというのは、少年

たちには誰にとっても過酷な任務だった。だが伍長は容赦がなかった。よろけそうになるテルマの腰を銃床でこずき、

「だらしないぞ。男なら命にかえて運べっ！」

と怒鳴った。

「大丈夫かテルマ君」

テルマよりはいく分体格のいい垣花と伊計が振りかえって心配そうに見ていた。伊計はクラスでは比嘉に次ぐ秀才で、背丈はあるが身体つきは華奢であった。しかも一中校舎の爆撃で受けた左肩の負傷が、まだ癒えてはいない筈であった。だが気丈に重い荷に耐えていた。こんなことなら何かもっと軽いものを背負っていればよかったと思ったが、後の祭りだった。

後ろにひっくり返らないように大きく前がかりになって腰を曲げながら、垣花と三人でよたよたと列に潜り込んだ。

少年兵に限らず、兵たちはそれぞれ糧秣や軍需品を背負えるだけ背負い、あとは荷車やトラックに分散して積み込んだようであった。

「こんな重いものを何んでトラックに積まないのかなあ。これでは敵に出会っても、応戦も出来ないじゃないか」

「トラックは敵に狙われやすいからだろう。なるだけ爆発物は分散して背負って運ぶ算段

らしいよ」

背負った荷の重さに、自らも顔をこわばらせながら垣花が言った。

津嘉山まではわずか四キロほどの道のりであったが、前進は容易ではなかった。荷物を背負った兵たちの歩みは、空腹と疲労が重なっている上に泥に足を取られるため、さながら泥亀のごとくのろい進み具合にしかならなかった。その上時々、行進する隊列の至近で砲弾が炸裂して、其処此処に障害物を創り出した。

砲車を曳く兵たちが泥の中に横倒しになった車を引き揚げようとして懸命になったが、ついに動かすことが出来ずにそのまま放置して行く姿さえ見受けられた。また幾人かの兵士や砲車を曳く野砲隊の隊士たちの中には、途中から思い直して前線に引き返し、六十二師団と運命を共にしようとする者も少なく無かった。

かってな行動をとる兵士は、すでに指揮官やすぐ上の上官の将校が戦死して指揮系統を失っている者たちで、全体に三十二軍の統制は弱体化しつつあった。

戦線が後退したことにより、その場で解散となった野戦病院の患者のうちまだ動ける者たちが、身体を引き摺るようにしながら軍のあとをついて来ていた。

それらの負傷兵の多くは過酷な行進の途中で動けなくなって、泥の中を這いずり回りながら、

「おれも連れて行ってくれ。頼むから置いて行かないでくれ！」

と叫び、行軍する兵士の足にしがみつくようにして泣き叫んでいる者も居た。そうした光景を見る度にテルマたち少年兵の心は痛んだが、自分の身さえどうなるか分からない情況の下では、どうすることも出来なかった。誰もが胸の内で、

「これが戦争なんだ」「戦争とはこういうものなのだ」

と心を鬼にしているに違いなかった。

死骸はいたるところに転がっていた。人間の死骸ばかりではなく、イヌやネコ、馬や牛の死骸まで散乱していた。それらの間を多くの住民たちが右往左往しながらさまよっている姿が、降り募る濛雨《もうう》の中にけむるように望見された。

守備軍はアメリカ軍が上陸してから二十日余り経った四月の下旬に、首里周辺の住民たちに南部方面に移動するように命令を出していた。だがすでに砲撃や爆撃が激しく、退避壕から出るのさえ憚られる状況であったから、一部の住民は移住できずにそのまま居残っていたのである。

だが戦況の悪化でその壕さえおぼつかない状況となっていた。それで軍と一緒の方がまだ安全だと思うのか数万の住民がぞろぞろと壕から這い出してきて、つかず離れずの状態で軍と退却を共にしていた。

しかし『軍官民一体となって、皇土防衛の楯となれ』との命を受けている守備軍には、住民を戦闘に利用するという観念はあっても、初めから住民を保護するという思想はなか

った。

アメリカ軍は依然として攻撃の手を緩めず、退却する群れの背後から容赦のない追撃の砲弾を浴びせてきた。そのため退却しながらもたびたび途中の壕を見つけては非難しなければならなかった。

だが、そのたびに兵隊と住民との壕の奪い合いが巻き起こった。壕の奪い合いは、最後は力尽くで住民が追い出され砲弾の嵐の中に放り出されるという結果で終わった。

そうした情況は、いたる所で繰り広げられた。そのような情景をテルマたちは、複雑で悲しいような気持ちで見守るしかなかった。

追撃する砲弾は長蛇をなす行軍のあちこちで炸裂した。そのたびに多くの命が失われたが、人々は見て見ぬふりをしながら散乱する死人を迂回して進んで行った。後に分かった事だが、鉄の嵐の中の撤退行で、出発するときには五万人いた守備軍兵士が喜屋武の中間陣地に到着したときには三万人に減っていたし、住民はその倍の人数が亡くなっていたという事だった。

☆

「黄金森の陸軍病院から来られた方ですか」

テルマの横で行進しながら呉島が、隣を歩いている一行に大声で訊いている。隣は医療器具を入れた大型の背嚢を背負った看護婦や、脚をひきずりながら歩く負傷兵に肩を貸している女学生、注射器の入った保温嚢を大事そうに下げた軍医たちの一行だった。

呉島の問いに看護婦らしい女の人が頷くと、

「比嘉通広という男をしりませんか。一中鉄血勤皇隊員で足を負傷して、先日ぼくらが黄金森まで運んだ人間なんですけど」

その看護婦は呉島の問いに思わずこちらを見た。少ししてから、

「その人、自分で歩けるようでしたか」

と訊く。思わずテルマは、上半身さえも自分で動かせそうになかった先日の比嘉の姿を思い起こした。

「自分で歩けない人は、置いて来ざるを得なかったんです……それに、砲撃であそこの壕もそうとうやられましたから」

返事をしない呉島の顔を見つめながら、看護婦は気の毒そうに言った。ふと呉島が背後に目をやった。

つられて後ろを振り向いたテルマの目に、一行の後ろの方をのろのろと走る大型の患者輸送用バスが目に入った。黄金森の陸軍病院の前に何台も停まっていた灰色のバスだった。

「あれには傷病兵は乗っていないんですか」

バスを手で示して訊ねた呉島に、看護婦はむなしく首を振った。バスの横腹には一列に

機関銃の弾痕があり、ボンネットの一部は被弾したように醜くめくれ上がっていた。

「あのバスには負傷した医者と、医療用の器具がいっぱい積んであるんです。どこに行っても医者と医薬品だけは必要ですから」

看護婦の言葉に呉島はがっくりと首を垂れた。呉島は頭は切れるが勉強は嫌いであまりしない。そのためか努力家で成績のいい比嘉のことをどこかで尊敬しているようだった。

「看護婦さんたちは皆、無事でしたか。長堂栄子を知りませんか？　ぼくの姉なんですけど」

テルマが不安を押し隠して聞くと、後ろに居た別の看護婦が、はっと息を飲みこむような表情をしたのが目に映った。テルマが問いかけるような視線をそちらに向けると、見覚えのある顔をしたその看護婦は、すぐに気を取り直したように表情を改めると、

「長堂さんは、残された負傷兵の世話をするために、自分から進んであそこに残りました。一緒に行こうと言って説得したんですが、どうしても残ると言って……とっても勇気のある決断だと思います」

と言った。テルマは「そんな……」と言ったまま絶句した。

「戻ってはいけません。それがお姉さんの御意志です。それにもうどこが危険でどこが安全なのかは、誰にも分からないんじゃありませんか」

立ち止まったテルマが、今にも南風原の病院に戻ろうとするような素振りに見えたのか、

看護婦は強い調子で諫めるように言った。病院壕の中で、「上原婦長」と呼ばれていた人だった。

☆

首里を撤退するという事が決まったとき、テルマたちには直前に忘れられない光景があった。それはテルマと垣花が一中勤皇隊の伝令として砲弾の嵐の中をかいくぐって司令部の壕に行ったときのことであった。

間断なく轟く砲弾の炸裂音は、三十メートルの地下にある司令部の壕といえども地震のように揺らしていた。天井からはひっきりなしに岩くれや土砂などが剥がれ落ちてきた。将校たちが居るスペースを通り過ぎようとしたとき、国民服を着て度の強いメガネをかけた広い額の民間人が一人、将校たちに向かって喰ってかかるようにして何事かを訴えている情景が、テルマたちの目に留まった。ただ事でない様子に思わず歩が緩みかけたが、余計な詮索をして怒鳴りつけられるのも嫌なので、耳をそばだてながらも足早に通り過ぎた。

「あれは間違いなく島田知事だったぜ」

「そうだ、ぼくも確かにそう思ったよ」

壕を出て岩陰伝いに身を潜めて歩きながらテルマと垣花の二人は、道々今しがたの情景を確認しあった。通りすがりにそれぞれ耳にしたことを繋ぎ合わせてみると、およそ次のようなことであった。

「知事は確か、軍はこのまま首里に留まって、摩文仁に撤退するのは止めてくれとか言っていたな」

「軍が摩文仁に撤退して行けばアメリカ軍もそのまま追いかけて来る。そうなると南へ避難中の三十万人の住民を、さらに戦火に晒すことになる、そんなことを言っていたな」

守備軍は戦局がもっとも激しい四月の末に、首里とその周辺に居た住民たちに南部の島尻方面への移動を命じた。移動といえば聞こえはいいが、後に「鉄の暴風」と言われた嵐のように砲弾が吹き荒れる戦場に、裸同然で壕から放り出したのである。

住民たちはそのほとんどが女子ども、老人であったが、止む無く壕から這い出して、夜陰に乗じてよろばいながら南への移動を始めたのである。

その際多くの住人が銃弾や砲弾に倒れていった。それでも南に進むにつれて、守備軍の主力が居ないためか敵の攻撃は次第に緩やかになって行った。

だがそこへ、いきなり前線の主力軍がなだれ込んで行ったら、アメリカ軍の攻撃の鉾先が直ちにそちらに集中するであろうことは、誰の目にも明らかであった。

砲弾は兵士と民間人とを区別しない。ましてや軍と住民とが入り混じって居たなら、戦う術とてない一般住民は戦火の中でひとたまりもなく砲撃の餌食になってしまうのは常識であった。まして避難民はほとんどが機敏性に欠ける老人と女子どもなのだ。それを承知であえて住民の中に戦闘を持ち込むという軍の作戦に、島田知事が怒るのも無理はなかった。

「知事は、軍は住民の安全ということを一顧だにしないのか、とも怒鳴っていたぞ」

「凄い迫力だったたな。さすがは島田知事だ」

「ああ、でも折角知事があああして談判しても、結局軍は決定を曲げることはないだろうな」

垣花が覚めた声で言った。

「いったい、なんでだろうな」

殆ど分かっていることだが、テルマは聞き返した。

「何と言っても自分たちの尻に火がついているんだからな。もう住民どころじゃないってことだろう。軍にとっては住民の安全より戦局の方が大事だし、それに軍には頭が固くて民間人のいう事に耳を傾ける度量なんかない人が多いらしい」

軍国主義に凝り固まっていると思っていた垣花の口から、思いもよらぬ軍批判の言葉が出たことにテルマは内心で驚いていた。

当時本土の官僚にとって沖縄県知事の椅子は左遷に等しく、沖縄県知事の辞令をもらうということは官僚にとって、無能の烙印を押されたに等しいことであった。従って赴任してくる知事はいずれも確かに無能で、県民にとって何の利益も持たらさない人がほとんどであった。そのため軍官民一体となって本土防衛の楯となる体勢を築かなければならない三十二軍にとっても、知事は頼りにならないパートナーでしかなかった。

中には本土にいたまま、赴任後一度も沖縄に顔も出さない知事さえいた。

島田叡《あきら》は東大を卒業して内務省に入った著名な地方官でこのとき四十五歳、大阪府の内政部長として非凡な力量を発揮していた。周囲の評価も高く、いずれは有力な県の知事になる人材だと謳われている人物であった。その頃沖縄では前任の泉守紀知事が十月十日の那覇の大空襲で腰を抜かしてしまい、職員も県民も見捨てて東京に逃げ帰ってしまったため、知事の椅子は空席となっていたのである。

そのために今度は、それなりの人材を回して欲しいという軍からの強い要望もあって、気骨のある島田に白羽の矢が立ったのである。島田は反対する家族を前にこう言ったと伝えられている。

「どうしても誰かが行かなければならないならば、任命された自分が断る手はあるまい。若い者が赤紙一枚で否応なしに戦地に行っているときに、自分が辞退できるのをいいことに断ったとなれば、もう卑怯者として外を歩けなくなる」

島田が赴任してきたとき沖縄の県職員と県民は、今度こそ本物の知事がきたとおおいに喜んだのである。

いずれにしろテルマや垣花にとっても、県民のことを本気で心配してくれる内地の人間がいるということは、頼もしいことに違いなかった。

だが島田知事の必死の要望にもかかわらず、軍が決定をひっくり返すということはついになかった。

折角南の島尻に避難した住民たちが、再び戦火に曝されるという知事の指摘を待つ必要もなく、追い詰められた三十二軍は初めから島尻を最後の決戦場にするつもりであった。軍にとって住民の安全などはどうでもよいと、誹《そし》られても致し方のない態度であった。

☆

だが南への退却行は困難をきわめた。辺りは依然として雨が降り続いており、道路は水田のようにぬかっていた。テルマは泥濘に何度も足をとられ、転びそうになるのを必死で踏ん張って慎重に歩を運ばなければならなかった。一度転ぶと二度とは起き上がれまいという気がするからだった。

こんな晩ならさすがに敵の戦車もトラックも追っては来まいと判断しての、土砂降り雨の中の決死の逃避行であった。だがいち早く日本軍の南進を察知したアメリカ軍は、前線で戦っている第六十二師団の頭越しに退却する行軍の上に、無情の砲弾を撃ち込んで来た。

行く道々に兵士や民間人の屍がごろごろと無造作に転がっていた。母親と一緒に子どもが死体になっているのはまだいいほうで、むしろ生き残って母親のむくろに取りすがって泣いている幼児の姿を見る方がよっぽど辛いことだった。

もしかして、六歳になる妹の真咲子があんな風になっていはしないかと思うとテルマの胸は、焼け火箸かなにかでかき廻されているように痛んだ。だが誰も手を差し伸べることはなかった。死にたいして無感動になっているという事もあったが、なにより兵士たちは皆手一杯の荷物と武器を携帯しており、とても他人に構っている余裕などなかったからだった。

軍の隊列の周辺を南に避難する大勢の住民たちが、影のように寄り添いながら即《つ》いてきていた。ほとんどが年寄りと女、子どもだけで、どの人間も一様に泥と雨、ときには血に汚れたような衣服をまとい、爆風を浴びて焼けぼっくいと見紛うばかりに哀れな姿をしていた。いずれも恐怖がそのまま固まって顔に張り付いてしまったかのように眉間に深いひだを刻み、変化することを忘れてしまったかのような悲愴な表情をしていた。誰もが疲労と空腹のために歩を運ぶ足元もおぼつかない様子だった。

それでも軍の傍にいればいくらか安心するのか三、三、五、五、即かず離れずの距離を保ちながら、よろばうようにして即いてくるのだった。

悲惨な情況に置かれた住民にたいする軍の態度は、ひどく冷淡なものだった。女が荷物を持て余していようが老人が疲労と空腹でたおれようがまったく知らぬ顔で、水も食糧も援助の手もいっさい差し伸べられることはなかった。住民はただ足手まといだという態度で、三十二軍の兵士達には最初から住民保護という観点はなかったのである。

だがテルマたち鉄血勤皇隊員にとっては、住民は同じ沖縄の人間であった。もしかしたら近隣かもしれない同胞が、悲惨な目に会っているのを尻目に行進するということは、さすがに胸の疼くことだった。胸の内に、自分たちはいったい誰のために闘っているのだろうという疑問が絶えず湧き起ってくるのを、どうにも抑えきれない思いがあった。そういう点でテルマたちのグループは、まだ本当の兵士にはなっていなかった。

いつだったか比嘉がテルマたちに言ったことがある。

「兵士は死に対して無感動にならなければいけないんだ。どんなに非情な事でも平然とやってしまえるようにならなければ、敵との凄惨な殺し合いに勝つことなんか出来ないんだ。戦争とはそういうものだよ」と。

☆

兵士たちも次第に疲れをみせて立ち止まる回数が多くなってきた。トラックは何度も土砂を後方に跳ね飛ばしながら進んだが、たびたびスリップし立ち止まる回数が多くなった。その度に兵士たちが寄り集まって後ろから押さなければならず、行軍は遅々として進まなかった。

その間にも飛来する銃弾は隊列のあちこちで炸裂し、行進をいっそう困難なものにした。やっとの思いで国場川を越えたころ疲れがどっとテルマを襲った。恐怖は身体の中に凍りついてしまったかのように感じなかったが、砲弾がいつ自分の頭上に落ちるかという緊張は、ずっと続いていたのだ。砲弾の音がいくらか遠のき、主戦場から離れたという安心感からか、緊張が一度に緩んできたように思えた。身体の感じが少し戻ってきたように思った途端に、背の荷物がにわかに重いものに感じられた。

同時に今まで気にする余裕すらなかった疲労と空腹と喉の渇きが、一度に現実のものとして襲ってきた。

だが気分は依然として朦朧としており、体が本当に他人のもののように感じられた。少し離れたところから、自分を眺めているもう一人の自分がいた。

これは良くない兆候だと、耳の奥底でもう一人の自分が囁いていた。身体と精神が分離しかけているのかも知れなかった。自分はつまりは今、限りなく死に近づいているということではないだろうか。どこかで休みたい。このまま強行軍を続けていると、自分は間もなく倒れてしまうに違いないとテルマは思った。

☆

嘉数を過ぎて間もなくの頃だった。ふいにテルマの脳裏を、この辺りは自分の郷里の長堂ではなかろうかという思いがよぎった。

思わずテルマは暗闇を透かし見るようにして東側に目を投げた。すると雨の降りしきる暗闇の前方に、そこだけ抜けるように明るい空が見え、その下に青々と広がるキビ畑が見わたせた。南側のキビ畑の途切れた先には平らな緑の野辺が広がっており、野辺の真ん中あたりにはこんもりと茂ったふくぎの林があった。

その西側に石垣に囲まれて見える赤瓦の屋根は、見間違えようもない、ああ懐かしの我が家ではないか。

家の前には年代を経たガジュマルの巨木が一本、枝を四方に広げて心地よい木陰をつくっている。

思わずテルマは、二、三歩よろめくように列の左側にはみ出していた。

キビ畑で立ち働いているのはスー（父）とアンマー（母）だろうか。刈ったキビをこちら側で束ねているのはウスメー（祖父）であるに違いない。

キビ畑と野辺を仕切っているのは茶園《さえん》だ。茶園と家の間にある五アールほどの放牧地で牛を追っているのは弟の邦人のようだ。家の石垣の傍に座ってその様子を眺めているのは、ああ、ハーメー（祖母）と真咲子ではないか。

いくら稼いでも稼いでも、本土から次から次と高い税金をかけられるので、サトウキビ農家はさっぱり楽にならないとこぼしていたスーが、台湾から移入した口径の太い種にウチナーの農業試験場で改良を加えた新しい品種に切り替えてみたところ一気に収穫が増え、近ごろようやく息がつけるようになったと喜んでいた。

あの時のスーの笑顔が、瞼の裏に浮かんで見える。自分はスーに叱られたことがない。スーは温厚で心やさしく、長堂の門中でも皆から慕われていた。スーに会いたい。アンマーに会いたい。

ああ、家に帰りたい。家に帰りたい。あの月並みで陳腐だとさえ思っていた日々が、本当はどんなに幸せなひと時であったことか。家と家族への恋しさと懐かしさに、胸が締め付けられるように疼いた。

顔に急に熱いものを感じてふと気が付くと、両の目からぬるぬるとした涙が溢れ出ているのだった。

「テルマ」

ふいに後ろで呼ぶ声がする。朦朧とした頭でふりかえると、すぐ後ろを呉島が歩いていた。

「おまえ大丈夫か、足元がふらついているぞ」

呉島は隊列から外れて歩いているテルマに近寄って来ると、背の荷物に目をやった。そして、

「二十キロ爆弾だな」

と言った。

それから傍らの草の上に自分の背の荷物を降ろすと、「替われ」と言ってテルマの後ろに

まわり、おもむろに背の荷を持ち上げて降ろさせた。

「こいつは中身は軽いんだが、なりがでかいもんだから傍目にはけっこう頑張って働いているように見えるから得だぞ」

呉島はそう言いながら、自分が使っていた長い角帯のようなロープで自分の荷をテルマに背負わせた。呉島が背負っていたのは四十センチ四方ぐらいの木製の箱で、担いでみると二発の砲弾よりははるかに軽かった。しかもテルマが背負うと箱はさらに大きく見えたので、たしかに外見からは健気に頑張っているように見えるに違いなかった。

「そいつは何でも通信につかう真空管らしい。大きなランプの化け物みたいなやつだが中身はもう壊れているかもしれん。だいぶ揺すったからな」

呉島はテルマに替わって二十キロ爆弾を背負うと、こともなげにそう言った。

呉島のおかげで歩くのがだいぶ楽になった。テルマは心の中で呉島に感謝した。

☆

『退却攻撃』は作戦どおりにはいかなかった。

退却する三十二軍のしんがりをつとめ、敵を局地戦に誘導して釘づけにしている間に、軍の主力を逃す。そして自らもたたかいながら徐々に退却するというのが第六十二師団に課せられた任務だった。

つまり退却がうまくいくかどうかというのは一にも二にも、六十二師団による敵への攻撃いかんということなのである。しかし首里で体勢を整えなおしたとはいうものの、このとき六十二師団の兵力は元の三分の一にまで落ち込んでおり、武器弾薬、糧秣までを含めると、その戦闘力ははじめの戦力の一割にも満たなかった。

これに対して戦車、大砲、爆撃機など圧倒的な機動力をもって襲いかかるアメリカ軍を釘づけにせよなどと、期待するほうが始めから無理というものだった。

だが六十二師団の攻撃が一定の功を収めないと移動中の三十二軍が敵の背面攻撃の餌食となるため、軍司令部は六十二師団長の藤岡武雄中将に対して再三にわたって攻撃命令を下した。すでに十分な武器も弾薬も失った部隊に対してのこの攻撃命令は、すなわち自爆命令に等しかった。そのため六十二師団の将兵たちは、持てる最後の力をふりしぼって戦った。あらん限りの弾薬を撃ちつくし、最後は手りゅう弾を抱いての自爆攻撃や夜陰に乗じての切り込み、白兵戦と文字どおり玉砕を覚悟しての、根限りの戦闘を展開した。

第六十二師団の決死の闘いのおかげで軍の主力が南端の摩文仁に退却を終えたのは、三日後のことだった。主力の移動が終わった六月一日、軍司令部は第六十二師団にも新たな陣地に退却するようにとの命令を発した。だが六十二師団は動こうとはしなかった。

退却は繁吹き雨のように降り注ぐ敵の銃口の前に背中をさらすことになるので、師団の兵たちはまったく身動きが出来なかったのだ。また首里は第六十二師団の基幹の陣地であり、この地でもっとも激しくたたかい、もっとも多大な犠牲を払ったのも第六十二師団であった。基幹の陣地を失うということはそれ自体死を意味するという気持ちは六十二師団の兵は誰よりも強く持っていた。この地には五万近い仲間の戦死者が眠っており、また大勢の負傷者がいた。それらを置き去りにして逃げることなど出来ないという気持ちが、六十二師団の兵士たちの中に強くあった。仲間たちとみな一緒に玉砕する覚悟だったと言ったほうがよい。

しかし牛島司令官による再三の強い命令に、藤岡中将はさすがに最後まで逆らうことは出来なかった。第六十二師団の生き残った兵たちは、わずかの兵を塹壕に張り付かせたまま、背中に敵を背負う形で漸次退却せざるを得なかった。

すでに本隊からは大分遅れていたテルマは、この三三五五に退却して来る六十二軍の隊伍にさえ、ついて行くことは出来なかった。呉島に荷物を軽い物に替えてもらったにもかかわらず、疲労からすでに足があがらなくなっていたのだ。重い足をなんとか前に進めようとしてぬかるみから逃れ、隊列から外れて何回も休んでいるうちに、どんどん皆から遅れていった。

第二部

収容所

暗号兵

道を左に逸れてようやくぬかるみから足を抜くことが出来たと思っているうちに、硬い岩盤のような広い場所に出ていた。隊列を横目に見ながら何となく島尻の方に向かって歩を進めるものの、死体につまずいて何度も転んだ。

起き上がって再び歩いているうちに息がきれ、目がくらみそうになった。その度に立ち止まったり、しゃがんだりしなければならなかった。幸いなことに誰も他人のことに注意を払うものはいなかった。

気力を振りしぼって何度目かに立ちあがり、歩きはじめたときだった。すぐ背後で突然、放射状の閃光が身体に被さってくるような勢いで照射した。同時にグワアァーンという凄まじい炸裂音がして、自分の身体が飛散する土塊ごと空中に持ち上げられるのを感じた。そのままぼくは、気が遠くなった。

気が付いたときは柔らかい芝生のような草の上に横たわっていた。雨はいつの間にか上がっていたらしい。渋くなっている瞼をこじ開けて辺りに目を配るとすぐ横を、大勢の人間が通り過ぎたぬかるみが田打ちの終わった水田のように渺茫と広がって、北から南の方に続いていた。自分は爆風で空中高く吹き飛ばされて、路傍のこのわずかの草地に放り出されたのだと気が付いた。そして気を失ったついでに、ここ何日か続いていた寝不足を取り戻そうとするかのように、そのまま寝入ってしまったのだと思った。

正気が戻るにつれて身体全体が、恐竜かなにかの巨大な足で踏んづけられてでもいるようにすぐには動かない。そしてどこということもなく身体全体が鈍い痛みに被われていることに気が付いた。感覚の定かでない身体を、左右に揺すったり肩を上下させたりしてみたが、どこかに局所的な傷を負ったような痛みは感じられなかった。

吹っ飛ばされた場所が草地で良かったと思った。これが左に広がっている硬い岩盤のところだったら、こんな程度では済まなかっただろう。ひょっとしたら自分は、あんがい運が強いのかもしれないとふと思った。

気力を振り絞って身体を起こそうと試みたが、上体が簡単には持ち上がらない。ふと、まだ荷物を背負ったままであることに気が付いた。自分は荷を背負ったまま気を失っていたのか。肩の背負い紐を外してからようやくの思いで起き上がり、少し休んでから再び荷を負い、南に向かって歩き始めた。

とにかく本隊に合流しなければならない。

しばらく歩いたような気がした。

「きみ、きみ、待ちたまえ」

ふいに岩の陰からそんな声がした。どうやら自分を呼んだのらしい。身体の半分ほどもある大きな箱を背負ってよたよたと歩いていたテルマは、思わず立ち止まって声のする方を見た。すると地面から一メートルほど突き出した岩の陰に、銃弾を避けるようにして岩に背を預けている一人の兵隊が目に入った。頭を下げて近寄っていくと二十歳も半ばを過ぎたぐらいの兵隊が、手招きでテルマを呼んでいた。金筋に星ひとつの襟章を付けているところをみると伍長か兵長か、あるいは将校かもしれない。どちらにしても軍隊ではもっとも野蛮で怖い階級だ。テルマは思わず身を固くした。

「きみもぼくも、どうやら皆に置いていかれてしまったようだね。このままもたもたしていると間もなく敵さんがやってくる。どうだい、無事なら同道しようじゃないか」

どうやらこの兵士は、自分が気を失っていた頃からずっと自分の動静を窺っていたのらしい。そう思いながらテルマはこの兵士にひどく興味を覚えていた。というのもその兵士の柔らかで歯切れのいい、どこかくるみ込むような優しさの感じられる言葉づかいに惹かれたからだった。間もなくテルマの気持ちの中で、はっと気付かされることがあった。この兵士は先日、呉島や垣花と共に三十二軍の壕を訪れたときに、通信室で見かけた人ではなかったか。立ち止まってよく見ると、あのときたしか三級無線通信士の岡野が、杉村少尉だとか言っていた人だと思った。

「きみ、わるいが手を貸してくれないか」

少尉は少し荒い息をして言った。威圧感のない、どちらかというと哀願するような声だった。なにより兵隊には珍しく目下の者に対して「きみ」などというハイカラな呼び方をすることがテルマの興味を惹いた。

傍に行ってみると、少尉の左足はふくらはぎの辺りから巻脚絆を通して、べっとりとした血が滲み出ており殆ど黒く変色していた。

「何んでありますか」

腰をかがめて岩陰に寄りながらテルマは聞いた。

「こいつをぼくに代わって背負って欲しいんだ」

少尉は傍らに投げ出すように置いてあるトランクのようなものを指差した。

少尉が指さしたのは普通の背嚢の倍ほどの大きさがある革製の四角な箱で、裏に長さを調節できる背負い紐がついていた。

「榴散弾の破片で足をやられちまってね。歩けないこともないんだが、こいつを背負いながらじゃちょっと無理なようだ」

岩に背を預けながら無念そうに言った。テルマは面喰らった。自分だって命がけで届けなければならない大事なものを背負っているのだ。どう返事をしようかと思案を巡らせて

いると、

「きみが背負っているのは整流管という電流を流すための真空管だよ。もうそんなものは必要ないんだ。ここに置いてけばいいよ。それより、こいつの方がはるかに大切なものなんだ」

テルマは咄嗟に考えた。どっちが大切なものなのか自分には分からない。しかしこれは自分に代わって二十キロ弾を運んでくれている呉島から預かったものだ。

無事に届けないと、後あと呉島に迷惑が及ぶようなことにならないだろうか。だが目の前の兵隊は金の縁取りのある赤地に星ひとつの襟章を付けている。してみるとやはり少尉に違いない。二十キロ弾を運ぶように命令した伍長よりは少尉の方が位が上だから、ここはやはり上級者の命令に従うのが軍隊というものではないだろうか。テルマには呉島との信義にこだわる気持ちがあった。呉島は自分の命に代えても守れと言われた爆弾を運んでいる。それに少尉の示すトランクは、今背負っている荷物よりは少し重そうに見える。

「で、ですが、これは、伍長殿から、自分の命に代えても守れと命令されたものであります」

無意識のうちに出まかせを言っていた。命に代えても守れと言われたのは二十キロ弾の方なのだ。

「ぼくは少尉だけど、でもこの際少尉も伍長も関係ないよ。いいよ教えてやろう。きみが背中に背負っているものは整流管といって電流を流すための、ただの道具なんだ。だがこっちは……」

少尉はいっとき言おうか言うまいかと逡巡するそぶりを見せた。だが、すぐに決心したように、

「やはり通信の機械なんだがね。でもそれよりは、はるかに大事なものだよ」

「少尉どのも通信隊でありますか」

その時テルマは、司令部に居た岡野の動静も聞きたくなって、にわかに少尉に興味を覚えた。

「通信兵ではあるがんだがね。でも一般の通信兵とは少しばかり違う。ぼくは陸軍の中野学校出身で英語の傍受が専門の、情報将校なんだよ」

どうしてもテルマに荷を担がせたいらしく、あっさりと身分を明かした。中野学校という言葉を聞いた時、さらにテルマには思い当ることがあった。先日の司令部の壕で三級通信士の岡野が、

「あの人は特別な人なんだよ」と言った言葉だった。

だがそれでも本当の意味はよく分からず無言でいるテルマに、少尉は、

「きみはどこの所属なの」と聞いた。

「沖縄一中、鉄血勤皇隊、長堂輝麻であります」

とっさに敬礼をしたテルマに、おかしそうな目を向けながら少尉は、

「暗号を扱うのがぼくの任務なんだよ。もちろん一般の通信兵も暗号は扱うがね。ぼくの場合は特殊で重要な暗号を扱うんだ。こいつはね、その暗号機なんだよ」

と手に持った杖でトランクをかるく叩いた。どういうことなのかと思案するテルマの顔が、なおも逡巡しているように映ったのだろうか。

「いいかい、今ここでぼくが動けなくなって、こいつが敵の手に渡ったとする。そうするとわが軍の重要な情報のかなりの部分が敵さんに解読されてしまうんだよ。そうするとこちらの作戦がアメリカさんに知られて、先手先手とやられてしまうんだ」

少尉は、なおも納得させようとするようにテルマの顔を下から覗き込んだ。

「もちろんぼくは敵の手に渡るまえに、いつでもこいつを破壊できるように、常に手りゅう弾を持ち歩いている。だがこのイナゴの大群が飛び回っているような銃弾の嵐の中では、破壊の手段をとる前に自分が死んでしまうということだってある訳じゃないか。だからなんとかそうなる前にこいつを持って部隊に合流したいんだ」

辺りには依然として銃砲の音が鳴り響いていたが、気のせいなのかあちらこちらに、にわかに煙と砂塵が噴火のように舞い上がり始めたように思える。

「それに君の背中のものはもう用済み、みたいだよ。きみはそいつに命を助けられたのかも知れないね」

テルマは驚いて背負っていた木箱を下した。すると木箱の背面の左側が、斧で叩き壊されたようにえぐり取られ、中の真空管は粉々に破砕されていた。先ほど荷を背負い直すときに何故気がつかなかったのだろう。

「分かりました」

少尉の言葉に観念するようにテルマは整流器を背中から下すと、あらたな決意を示すかのごとくおもむろに大型のトランクを背に負った。すると、二十キロ爆弾ほどではなかったが、ぐぐっと身体を下に沈めるような鉄の重さが肩に伝わってきた。

「木箱よりは少し重いよ。君のような少年にはちょっと酷な任務かもしれないが、どこかの隊に行き会うまででいいんだ、それまでなんとか頑張ってみてくれないか」

少尉は立ち上がろうとするテルマに、気の毒そうな顔をみせながら、

「まだ立たなくていい、もう少し様子をみよう」

と言った。テルマは思わず背の荷物を岩に預けるようなかっこうで、少尉の横にしゃがみこんだ。

「きみ、喉が渇いていないかい」

そう言って少尉はカバーのかかった将校用の水筒をのべてくれた。それは今の瞬間のテルマにとって、何より有りがたいことだと気が付いた。おもわず頬をゆるめて受け取ると、ぐびぐびと音をたてて喉に流し込んだ。ぜんぶ飲み干しそうな勢いで飲んでいるうちには

っと気が付いた。この数日まんぞくな水を飲んでいなかった。井戸には死体が浮いていて水は腐った匂いがしていたし、川は砲撃で変形し血や泥で濁った水しか流れていなかった。

この水は少尉にとっても大切なものなのだ。

「もっと飲んでもいいよ」

「いいえ、もう十分であります」

蓋をしめて返した。それから少尉はテルマの背中の荷物を顔で指し示しながら言った。

「そいつはね。ドイツ製のエグニマという暗号機械を日本式に改良したものなんだ。普通の文字を打ち込むと複雑な暗号文に変換された文章が出て来るというしろものさ」

そう言ってから少尉は、急に投げやりな語調に変わって、

「でも、本当はそんな物はもう、どうでもいいのかも知れない。上陸地点の設定や台湾を回避して沖縄に来たことなどから考え併せると、どうもアメリカは、こちらの暗号をすでに解読して、逐一情報をつかんでいるみたいなんだ」

と顔を曇らせた。

「こちらは敵さんの暗号を読めないんでありますか」

「うむ、残念なことにね。暗号らしきものは傍受しているんだが、どうにも解読できん。情報戦でも敵さんの方が一枚も二枚も上手だね。それに暗号の解読だけじゃない。闘いの勘どころもわきまえているようで、陣地の重要なところを目がけて弾を撃ち込んでくる。

だから逃げるなら真っ先に逃げるか、それとも皆があらかた退散した後からの方がいい」

少尉はテルマのような子どもにでも話したいことがあるらしく急にお喋りになった。

「見ていたまえ、間もなく砲撃は小止みになるはずだから。六十二師団の残存兵が全滅するか敗走するかして、アメリカ軍も移動しなければならなくなるはずだ。その時を狙って逃げ出そう」

少尉は青白いインテリ風の見かけによらず情況をよく呑み込んでいるようで、落ち着きはらっていた。あんがい肝っ玉の太い人なのかも知れないとテルマはいく分、頼りにしたい気持ちになった。どのくらい経ったころだろうか。辺りに人影が見えなくなると少尉の言うとおり、本当に銃砲の響きが鳴り止んだ。

「さ、今のうちだ。ぐずぐずしていると、すぐ敵が押し寄せてくるぞ」

少尉はここまで使用してきたらしい木の杖を頼りにして立ち上がった。それから不自由な足を引き摺るようにして急ぎ足に移動し始めたので、あわててテルマも後を追った。

暗号機はたしかに重かったが二十キロ弾よりは軽く木箱よりは型が小さいので案外動きやすかった。

少尉の気さくそうな人柄に惹かれて、道々テルマは彼に話しかけた。少尉の名前が杉村だということも改めてその中で知った。

「少尉どの。日本は神国だから決して負けないと言いますが本当にこの戦に勝てるんでありましょうか」

心配そうに訊くテルマに杉村少尉は半ば呆れたような視線を向けて来た。

「馬鹿言っちゃいかん。沖縄の闘いは初めっから、玉砕覚悟の負け戦に決まっているんだ。ぼくたちはアメリカ軍が本土に上陸するのを一日でも遅らせるための、ただの捨て石に過ぎないんだよ。冷静に考えれば戦うだけ無駄な消耗を重ねるという事になる。無駄と言えば、この戦争そのものが初めっから、すでに無駄な負け戦と決まっているんだ」

かしこい指導者ならとっくに停戦に持ち込んでいるところなんだが、残念ながら我が大本営には知恵もなければ降服する勇気もない。ひょっとしたらこの沖縄の闘いで、敵に大打撃を与えることが出来るかもしれない。そうすればいくらか増しな講和に持ち込む事が出来るかもしれんなどと、いまだに儚《はかな》い希望を棄てきれずにいるんだ」

少尉は感情を抑制した声で、そう言った。テルマに語るというよりは、この戦争を動かしているすべての上の人間に対して、その腹立ちをぶちまけているような言い方だった。

「沖縄のたたかいというのは、そうした無駄な願望を籠めた大本営の、ただの悪あがきに過ぎないんだよ」

少尉の言葉は大胆で驚くべきことだった。テルマは皇軍の将兵の口から、直接このような大本営の批判を聞くのは初めてだった。少尉の口調は確信に満ちていたが、どこかに投げやりで無気力な響きも感じとれた。

「そ、それじゃあ、ここ、この先自分たちは、いったいどうなってしまうんでありましょうか」

「そうさなあ君なんかだと、機会をうかがって白旗をかかげ、アメリカ軍に投降するのが目下のところ一番いい方策なんじゃないかな」

「そ、そんなことをしたら、アメリカ兵に八つ裂きにされてしまいますよ」

「そんな馬鹿なことはないと思うよ。八つ裂きになるのは、むしろこのまま日本軍と行動を共にした場合のことだと思うがね」

「で、でも、摩文仁に全軍が結集して、最後の総攻撃に打って出ると言ってますよ」

「総攻撃ならすでにもう、何回もやったじゃないか。こうやって敗走しているのは、もはや正面からぶつかっても何の効き目もなくいたずらに味方の将兵を消耗するだけだと分かったからなんだよ。沖縄守備軍にはもう、まともに戦う武器も兵員もないんだ。六十二師団には六分の一、二十四師団には五分の二の兵力しか残ってないんだよ。しかも敵は圧倒的な機動力をもっているし、依然として兵たんも万全だ。こっちにはもはや戦車も大砲も弾薬も食糧さえもない。補充もまったくなしだ。ただ穴倉にこもって焼き殺されるのを待っているだけというありさまなんだよ」

「で、でも本島には、特攻隊があるんじゃ……」

と言いかけてテルマは途中で言葉を呑み込んだ。

呉島たちと夜に那覇を通過したときに高台から海を見たときの光景を思い出したからだった。

そこでは暗い海の底から夜空の星が全部いっぺんに吐き出されたかと思えるほどの無数の光が尾を引いて、一斉に艦砲射撃が行われていた。そのために辺り一帯が昼のように明るくなり、光の下には東シナ海を埋め尽くすかと思われるほどの艦船がびっしりと浮かんでいるのが見えた。

それらの艦船が浦添から天久一帯に向かって無数の弾丸を浴びせ、陸上に『鉄の暴風』を巻き起こしていたのだった。

それは思わず見とれてしまいそうになるほど圧倒的な、光の吹雪きだった。たとえゼロ戦が何百機飛び立とうとも、あの厚い弾幕をかい潜って目的の大型艦船にたどり着くのは至難の業ではないだろうか。

呉島たちと密かにそんな事を語りあったのを、その時テルマは思い出していた。

「向こうは徹底した爆撃で叩き潰したところへ、さらに重戦車で乗り込んでくる。それに対してこっちは三八式歩兵銃か、もしくは日本刀を振り回して、裸でぶつかっていくんだ。もはや一戦一戦が玉砕戦法でしかなく、最後は指揮官が自決してお終いという戦闘を各戦線で繰り返している。死んでいく兵士には気の毒だが、まったく無駄な消耗戦を続けているとしか言いようがない」

伊江島の軍が玉砕して井川隊長が自決を遂げたとか、義烈空挺隊の兵士百二十名あまりが、北と中の飛行場を奪還すべく強行着陸して奇襲攻撃をかけたが失敗し、全員が玉砕したなどという情報は、すでにテルマたちの耳にも入るようになっていた。

「しかし、か、嘉数では頑張って、アメリカに大打撃を与えたというじゃありませんか」

沖縄守備軍にとって防衛の第一のかなめであった嘉数のたたかいの激しさは、第二次世界大戦の中でも特筆すべきたたかいであった。嘉数高地を奪うために進軍してくるアメリカ軍にたいして日本軍は死にもの狂いで闘い、場所によってはアメリカ部隊を撃退さえして、五日間守り抜いた。

『嘉数の戦闘ほど日本軍に苦しめられたたたかいはなかった。アメリカ軍が攻撃を開始してからの五日間は、日本軍の死にもの狂いの抵抗に遭った。場所によってはわが軍の進撃は一歩も許されない情況に陥った……』

アメリカ陸軍の記録にそのような記述があるということをテルマが知ったのは、戦後になってのことだった。杉村少尉はこう言った。

「確かに嘉数では敵さんを苦しめただろうさ。序盤の闘いだったからまだ武器も弾薬も結構あった訳だからね。だが同時にそれは、より多大な兵士の命を犠牲にしての結果なんだよ。嘉数では夥しい戦力を消耗して、結局は撤退せざるを得なかった。あれが沖縄のたたかいでは確かに天王山だったに違いないね。でもそのあとが悪い。嘉数で破れた参謀たちが、破れかぶれで立てた五月四日の総攻撃の事だよ」

八原大佐らの反対を押し切って決行された五月四日の総攻撃は大失敗におわり、その結果が首里の司令部陣地を投げ捨てて、今日の退却へ繋がっている。

だがテルマは、気持ちのどこかでまだ守備軍を信じているところがあった。それに今この瞬間にも、どこかで懸命に闘っているに違いない、スー（父）とアフィー（兄）のことを思うと、簡単には日本軍の敗北を認める気にはなれなかった。

「少尉どの。そ、それはつまりは、三十二軍の司令部の作戦を、ひ、誹謗することにはななららんでしょうか」

「そのとおりだよ。大本営だろうと守備軍司令部だろと、間違っているものは間違っているんだ。だいたいこの戦争そのものが初めから無謀だったんだ。昨年は東条内閣が、間違った判断で戦局を悪くさせたということで総辞職したじゃないか。いいかい、参謀たちの軽はずみな作戦のおかげで、いったい何十万人の兵隊が無駄に命を落としていると思うんだ」

少尉は足の傷が痛むのか、ひと休みするように一旦言葉を置いた。だがすぐにまた口を開き始めた。

「例えば『生きて虜囚の辱《はずかし》めを受けず』などという戦陣訓は東条内閣が考えたものだ。そのお蔭で日本の兵士は降服することが許されずに、最後はみな玉砕だの自決だのを強いられている」

少尉は話しながら静かな怒りを、内でいっそう募らせていくようだった。

テルマは何も言うことが出来なかった。少尉のいう事はこれまで自分が教えられ、信じてきたことを根っこからひっくり返すようなことばかりだった。だがテルマは、それほど驚かなかった。テルマは呉島のようなひねくれたやつと仲がいいので、他の勤皇隊員ほど根強くは、皇民思想に染まっていなかったのかも知れない。

貧弱なテルマの知識でも、どこか本質のところで少尉の主張は納得のできるところがあった。少尉の言葉は、テルマの視野をこれまでに経験したことのない新しい世界に広げてくれているように思えた。これは学校では学べなかった、自分の野外学校かも知れない。

いつの間にかテルマは、少尉との会話をどこかで楽しんでいるような自分がいることに気付いていた。

☆

「少尉どの。沖縄の周辺にあれだけアメリカの艦船が集結して、この沖縄を攻撃しているのに、台湾の日本軍や本土の軍はなぜ助けに来ないのでしょうか」

「本土でも何もしてない訳ではない。戦果こそあげてないが九州から何度も特攻機がアメリカ艦隊めがけて攻撃をかけているんだ。先月の始めには神山に特攻が奇襲攻撃をかけて、三日ばかり敵の砲撃を沈黙させたじゃないか」

少尉はそんな日本軍を弁護するような事も言い、複雑な心境も覗かせた。テルマたちは大きな岩の背後や横倒しになった戦車の陰で、しばしば休みながら進まなければならなかった。

砲弾から逃れる意味もあったが、少尉の左足の負傷が主たる原因だった。少尉は初めのうちこそ急ぎ足で軒昂に見えたが、傷が痛むためか歩を運ぶにつれて上体を大きく前後に動かすようになった。テルマは心配で、たびたび少尉に目をやらなければならなかった。

少尉は少し荒い息を吐き、額に汗を浮ばせていた。

それでも命がけの敗走のはずが、軍の隊列から外れたためか気楽なところもあり、どこか束縛をほどかれたような自由さがあった。

「きみ知っているか。大本営はついこの間は、本土防衛のかなめとしてとっておいた戦艦大和を、沖縄に差し向けたんだぜ」

「ええっ、大和をでありますか。それで大和は、今どこに居るんでありますか」

沖縄防衛に世界一の戦艦と言われる大和が差し向けられたことはテルマだけでなく、沖縄の人間はほとんど誰も知らなかったのではないだろうか。だが少尉の次の言葉は、テルマをさらに驚愕させるのに充分だった。

「残念ながら沖縄に到達する前に奄美の沖合で、敵の艦載機の集中攻撃をうけて、随伴の駆逐艦ともども撃沈されてしまったよ」

「ええっ、大和がですか！　だって大和は、絶対に沈まない、不沈空母と言われていたんじゃありませんか」

少尉の言葉に驚いたテルマは、思わず絶叫するように大声を上げてその真意を確かめようとした。

「ははは、どんなにでかくたって、沈まない船なんてないんだよ。それに大和は戦闘機の護衛もなく、燃料の油にさえこと欠いて、片道だけの燃料を積んでの出撃だったらしい。つまりは玉砕覚悟の特攻隊だよ、世界一の戦艦のね」

乾いた笑いを見せた後で少尉は、いっとき口をつぐんだ。それからまた、おもむろに口を開いた。

「実は大和には、ぼくの兄が乗っていたんだ……」

少尉はごく日常の会話をするように、しかししんみりとした様子で言った。テルマは少し驚いて、何か慰めの言葉をかけようかと思った。だが父と兄と姉と、ことによったら戦火の中を逃げまどっているかも知れない他の家族までを失いかねない今の自分の身を思った。

そして自分にとっては、少尉の痛みは些細なことにしか過ぎないと思った。

それ以上に日本の戦力がそこまで底を尽いていて、いまやほとんど無力でさえあるということにテルマは、驚いていた。自分の立っているこの大地が、今まさに崩れ落ちるかのような不安に駆られた。これまでは沖縄こそ今こうして苦戦しているが、日本本土とか満州とかあるいは台湾などに、まだまだ多くの艦船や飛行機や軍隊が控えていると思っていたのだ。

「もう日本には何の余力も残っていないんだよ。いいかい、去年六月のマリアナ沖の海戦でわが日本海軍は事実上壊滅してしまったんだよ」

少尉は通信の専門家であるためか、確かにテルマたちの知らない戦局の詳細な情報に通じていた。

だがどこか投げやりなその物言いが、日本軍の劣勢のためなら、あるいはこの戦争を指導している将軍たちの無能のためなら、日本は本当に壊滅寸前の瀬戸際に立っているのではないのか。

テルマはそんな絶望的な想いに囚われて、次に発する言葉さえ見当たらなかった。だが少尉の言葉はまだ続いていた。

「マリアナでは日本の戦闘機は目標に到達するまえに敵に待ち伏せされて、大半が途中で撃ち落とされてしまったようだ」

少尉は感情を見せない声に戻って言った。

「どうやら敵さんには、こちらの飛行機の高度からスピード、距離まで測定できる、高性能のレーダーがあるらしい。そうしてつかんだ情報を、空中にいる戦闘機部隊に無線電話で詳しく伝えているみたいだな。日本の特攻作戦が成功しないのも多分そのためだろう。残念ながらわが方には、敵さんほどの性能の良いレーダーも空中電話もないんだよ。おまけに電波を傍受しても意味を解読できない。物量だけじゃなく、そういう電波戦なんかの技術面でも、敵さんに一歩も二歩も遅れているんだ。那覇の空襲などを、事前に察知出来なかったのもそのためだよ。せめて情報戦だけでも敵さんほど長けていたなら、兵士や住民の命を、ずいぶん無駄にしないで済んだと思うんだがね」

少尉は通信兵としての自戒も籠めて、いかにも無念そうに言ってから、疲れたようにまた言葉をおいた。

「日本はなぜそんなに遅れをとったんでありますか」

焦心にかられる思いで聞くと、少尉はいっとき言葉を捜すように目を宙に向けた。ややあってから、

「やはり一番の問題は、日本に言論の自由がないことだろうね」

と目を渋く細めながら言った。

「言論の自由って、いったいどういう事なんですか」

「軍部に逆らったり、軍部の気に入らない意見は徹底して排除される。つまりこれは間違っていると思っても自由に意見を言えない。そういう体制が軍人や軍人寄りの政治家たち

を唯我独尊の俗物にしてしまった。そのことが技術の発展をさまたげたり、作戦の幅を狭めたりしている。軍人たちはとにかく威張りたがるし、すぐ個人感情に走りやすい。自己を顧みたり反省したりという謙虚さがないため、個人感情で戦局を判断したり、作戦を左右したりする。つまり理性と科学的観点というものに欠けているんだよ、日本の軍部は」

少尉は自らが軍人であることも忘れているかのように、厳しい軍部批判をした。だが少尉の言葉は、テルマにとっては目からうろこの意見だった。何かと言えばすぐに怒鳴りつけ、聞く耳を持たない下士官などは、テルマたちも毎日のように目にしていたからだ。

軍人の中にも少尉のような進歩的と言うのか、特別な考えを持つ人物が居るということに、内心でテルマは驚いていた。

「少尉どのは、どうしてそんなに他の兵隊とは違う進んだ考えをお持ちなんでありますか」

「ははは、ぼくはね、ほんの一時期だがイギリスに留学していたことが有るんだよ。だから日本の政治家や軍部が、世界の常識から大きくかけ離れていることがよく分かるんだ」

「そうだったんでありますか。やはり日本は、遅れているんでありますか」

テルマは驚いて少尉の顔を見た。そして外国には言論の自由とか、理性的な物の考え方とか言うような思想があるのらしいと思った。その時テルマは、何か初めて正しい物の考え方に行き逢ったような気がした。

「同じ戦争をするんでも、もっと科学的で合理的な判断のできる連中に指揮をとってもらいたいよ……もっとも合理的な判断が出来るなら、初めからこんな無謀な戦争に突き進むことは無かっただろうがね」

と少尉は、半ば述懐するように言った。

☆

「きみ、そいつはもう棄てていこう」

少ししてから少尉が荷物の重さに足がもつれはじめたテルマを見るにみかねたのか、そう言った。

「ぼくは大丈夫です。だって、これが敵の手に渡ったら困るんじゃありませんか」

「こいつは何千と作られて、あちこちの部隊や艦船や潜水艦なんかに配備されているんだよ。もうサイパンもグアムもテニアンもレイテまでも敵の手に陥ちてしまっている。昨年暮れにはミンドロ島が陥落したし、この春には硫黄島の日本軍が玉砕した。したがってその過程でこいつだって、すでに何台かは敵の手に渡っていると考える方が理屈にあっている。本当にもう無用の長物なのかもしれない。こうやって後生大事に抱えているほうが滑稽かも知れんぜ」

テルマを説き伏せるというより、自分にいい聞かせているような響きに聞こえた。

「そそ、それは、まだ、わたっていない可能性もあるということでありますか」

暗号機を棄てるという言葉に、少し反抗的な口調になっていた。日本軍の兵士として、せめて何かを護っていたいという気持ちがテルマの中にあった。

杉村少尉は情報の専門家だけあって、一般の兵士よりはかなり戦況に詳しいようだった。だがテルマは、背の荷物を投げ捨てることは、なんだか自分だけが味方に先んじて敵に降服するような気がして、降ろしたくはなかった。

「とにかく少し休んでいこう」

少尉は傍の岩の陰になっている乾いた土の上に何度目かの腰を下した。テルマもふらふらと倒れ込むように少尉の横に腰を下し背中の荷物を下した。背後の首里の方向から聞こえてくる砲爆撃の音は、確かに先刻よりは弱まったような気がする。だが心なしか次第にこっちに近づいているように思えた。

しんがりを務めている六十二師団の兵士たちはまだに頑張っているのだろうか。

「あの砲撃の音が静かになったときが六十二師団が壊滅したときかもしれん」

少尉がテルマの気持ちを透かし見たようにそう言った。なんだか虚空の暗闇を覗き込むような目になっていた。

少ししてから、

「腹が減ったなあ。それに喉も乾いた」

と言った。それから残っている水筒の水を半分ずつ飲んだ。半分とは言っても、ほんのひと口ずつぐらいしか残ってはいなかった。気がつくと水では収まらないほどテルマ自身も、ひどい空腹を覚えていた。

テルマは立ち上がって、周りを見廻してみた。すると二、三百メートルほど東側に行ったところにキビ畑らしきものが見えた。らしきもの、というのは辺りは一面に砲撃で穴だらけになって変形し無残に焼き払われていたからだ。

だが注意してよく見ると、キビ畑の所どころに黒い焼けぼっくいのように突き出た、キビの焼け残りがあることが分かった。

「少尉どの。此処でちょっと待っていて下さい」

テルマは背の荷物を下すと、即座にキビ畑の方に駆けていった。

キビ畑はナパーム弾でやられたらしく一面が黒く炭化した焼野原となっていた。足を踏み入れると、キビ畑に身を隠して、そのままナパームで焼き尽くされたと思われる沢山の死体が黒く焼け焦げて、いたるところに転がっていた。その中を生き残った数人の住人たちが、根っこの方だけ残っているキビを捜して徘徊していた。女の人が多く、みな油煙を浴びたように煤けた顔の中で、目だけを白く光らせていた。

☆

「うむ、これはけっこういけるじゃないか」

テルマが採って来た焼け残りのキビの茎を、旨そうに齧りながら少尉が言った」

ナパームで焼け焦げたキビは、普段なら決して旨いと言えるようなしろものではなかったが、硬くて黒い表皮を向くと中までは炭化しておらず、わずかの水分さえ残っていて、けっこう一時の腹の足しにはなった。

「これまで大本営は、負け戦はひたすら隠して、景気のいいことばかり発表してきた。新聞もひたすら戦意を高揚させることばかりに熱中して、正しい報道をしてこなかった。だが此処に来て、サイパンやミンドロ島の玉砕を大きく英雄的に美化さえして報道している。なぜだか分かるか」

「分かりません。何故なんですか」

「いずれも玉砕という言葉が大見出しで踊っている。玉砕というのは投降することを恥じとして、最後には自爆攻撃にまで至ることだ。それが天皇にたいする最高の忠義であり、軍国日本の精神だという訳だ」

「そうでありますか。じ、自分も、お国のために、死ぬ覚悟は出来ているであります」

「馬鹿いっちゃいかん」

ふいに少尉は叱るように言った。それから再び言葉を和らげると、

「そういう意味じゃなくて、つまり本土決戦を一日でも先に延ばしたい。あわよくばどこ

かでアメリカに痛打を与えて、本土決戦の前に体裁のいい終戦に持ち込みたい。そのため兵士たちには、命を惜しむことなく、最後まで命を投げ棄てて戦えということなんだよ。江戸時代の侍じゃあるまいし、死ぬことがなんで最高の忠義でなんかあるもんか。人はみな自分のために生きなくてはならん。それが両親や兄弟のためであり、ひいては国のためにも一番いいことなんだ」

　キビを齧る口を休めながら少尉は諄々と説くように言った。テルマにというよりはどこか自分で自分の考えを確かめているような話し方に見えた。

「じじ自分には、よく分からないであります」

「きみたちはまだ、ろくに世の中も知らないうちからお国のために身を捧げろと、さんざん吹き込まれてきた訳だから無理もないが、とにかく上の言う事を鵜呑みにせず最後まで生きる希望を棄てちゃならん。死ぬとおっかさんやおとっつぁんが悲しむぞ」

　そう言った後で少尉は、

「この島に来てから、やたら玉砕だの自決だのという言葉が飛び交いやがる。そんな言葉が氾濫するようになると、戦も終わりが近いということかもしれん」

　杉村少尉は、何だかもの悲しいような響きで日本軍の敗戦と終戦の間もないことを予言した。話しながら時々、瞑目するように目をつむるのは、足の傷の痛みに堪えているのかも知れなかった。

「足が化膿し出したかも知れん」

そういうと少尉は横を向いて、飲み下した砂利でも吐き出すかのように唾を吐いた。

「一昨年の四月に山本五十六長官がラバウルで戦死したことは知っているだろう」

少ししてから少尉は、気を取りなおしたように再び語り始めた。

「はい、知っています。山本長官は敵機と勇ましく戦って戦死なされたのです」

校庭で皆で南方に向かって遥拝したことを覚えている。その時はまさか沖縄がこんな戦場になるなどとは夢にも思ってはいなかったのだ。

「実際はそれほど勇ましくもなかったんだ」

と少尉は、誰もいないにもかかわらず辺りをはばかるように声を低めた。そして、

「日本海軍は『い号作戦』という戦略でね、派手な航空戦を展開したんだが、アメリカ軍のコルセアとかライトニングという新型機に迎え撃たれて、ほとんど撃墜されてしまったれたらしい」

少尉は一呼吸置いてから、

「すでにもうゼロ戦の時代じゃなくなっているんだよ」

と言った。ゼロ戦が世界で一番強い戦闘機だとばかり思っていたテルマの気持ちに、新たな衝撃が加わった。

「アメリカはゼロ戦より強い戦闘機を、発明したということですか」

「ああそうだ。アメリカ海軍のコルセアや陸軍のライトニングはどちらも速力、上昇力ともにゼロよりは上をいくらしい。それと艦上戦闘機のヘルキャットも、旋回と航続力ではゼロに負けるが、その他の性能では全てゼロよりは上をいくという話を、通信兵から聞いている」

ゼロ戦よりも強い戦闘機が、すでにそんなに作られていたということが、テルマには衝撃だった。

「戦局はかなり前から敗戦に向かって突っ走っていたんだよ。一昨年の四月に山本長官がラバウルを根拠地にして指揮した『い号作戦』は、敗戦続きの日本軍にとって起死回生のための航空撃滅戦だったんだ。だが、もはや戦局を立て直すことは出来なかった」

杉村少尉の話は、依然として止むことは無かった。

「ぼくの掴んでいる情報によると、失意の思いで前線の視察に出た長官機を、ライトニングの一団が待ち伏せしていたということだ。一緒に飛んだ護衛機も何の役にもたたずに、あっという間に撃墜されたらしい」

「待ち伏せされたんですか？」

「そこが重要なところだ。君はなかなか利発そうだから言うんだが、長官は待ち伏せされていたんだよ。それは山本長官がそこへ向かって飛んで行くという、こちらの情報が洩れていたことを意味するんだ。つまり、こちらの暗号がすでに敵さんに解読されているということなんだ」

　無言で聞いているテルマに、続けて少尉は言った。

「ミッドウェーもやはり要所で敵さんに待ち伏せされて不意打ちをかけられた。空母が四隻もやられる大敗北だったんだ。どうもミッドウェーからこっち、敵さんにこちらの動きがことごとく読まれているとしか思えないんだ」

「暗号を読まれるという事は、それほどたいへんなことになるんですね」

「そうだよ。暗号というのは時には戦局を左右するほど重要なものなんだ。こちらが攻撃目標に定めているところにすでに敵がいなかったり、奇襲をかけるつもりが逆に途中で待ち伏せにあったりするのは、明らかに情報が漏れているとしか言いようがない。ソロモン海戦からマリアナ沖、レイテ沖海戦などの敗北を見ると、どうも敵さんの方が情報戦でも一枚も二枚も上を行っているのは間違いない。その上にわが軍の指揮官たちは、どうも情報戦にうとい人間が多いと言わざるを得ない。近代の戦争は一面で情報戦だということを上層部はもっと知るべきなんだよ」

「でも昨年秋の台湾沖の航空戦では、ゼロ戦がアメリカ艦隊を撃沈し、アメリカ機動部隊を壊滅させたそうじゃありませんか。沖縄ではその二日前に那覇に大空襲を受けていますからお祝いすることは出来ませんでしたが、本土では提灯行列で祝ったと聞いています」

　テルマは、沖縄師範の勤皇隊の連中が先日、金城の壕の中で住民たちに報告していたことを思い出して言ってみた。

　大本営は昨年の十月に闘われた台湾沖での航空戦で、連合艦隊がフィリピンや台湾を空襲してきたアメリカ機動部隊に反撃を加え、空母十隻、戦艦二隻を撃沈して大勝利を収めたということを大々的に発表していた。

「はははははっはっ、はっ」

　テルマの言葉に少尉は、引きつったような笑いで反応した。テルマは師範の広報要員の、あまり確信を持てなかった言葉を不用意に口にした自分に赤面した。

「負け戦を勝った勝ったと宣伝するのは、大本営のお家芸みたいなもんだよ。日本の兵隊たちは正確な情報も知らされずに、ただやみくもに戦わされているんだから気の毒としか言いようがない」

　そのときテルマの身体の中を、もしかして皇国日本はとんでもなく間違った路に踏み込んでしまったのではないか、日本はこのまま破滅して無くなってしまうのではないかという、身震いのするような感情が走り抜けた。それは自分が戦死するかもしれないということより大きな、言い知れぬ恐怖の感情だった。

　杉村少尉は日本軍の将校らしからぬ異色の人であった。だが言っていること全てに信憑性があった。もしかしたらこの少尉こそが事態を正確に見通すことの出来る、正気の人ではないのか。

これまで自分の信じて疑わなかったことが、足元から崩れ落ちているような気がして、テルマはすがるような気持で少尉を見守った。

「近代の戦争は情報戦と言ってもいいくらいだ。敵の作戦や動向をいちはやく摑んだ方が有利な闘いを展開出来る。だから日本の戦争指導者たちは、敵よりも情報戦で有利に立つということの意味を、もっと真剣に考えなければならなかったんだ」

「日本軍は、それほど情報戦では劣っているわけでありますか」

「劣っているというか遅れているというか、この前だって敵が何時上陸してくるかということも、上陸地点が西側か東側からかということも予測できなかったし、三月には敵さんの空襲の予知さえできなかった」

仮にそのようなことが予知できたにしても、この物量で圧倒的な違いをみせつけられた今となっては、たいした差異はないような気がする。するとテルマの気持ちを見透かしたように少尉が言葉を継いだ。

「たとえばだよ。アメリカ軍が台湾へ向かわずに直接沖縄を攻撃するということが分かっていたなら、第九師団をむざむざと台湾へやらずに済んだ訳だし、そうすればここだって作戦の選択肢が広がって、もう少しマシな闘いが出来たかもしれんじゃないか」

「ああ、なるほど、確かにそうですね」

すでにテルマは少尉の言葉に納得していた。

「それに敵の攻撃地点や時期がいちはやく分かれば、少なくとも住民をもっと早めに安全な場所に非難させることができた訳だし、敵を迎え撃つ準備だってそれなりにましなことができたはずだろう」

「なぜそれを察知できなかったんでありますか」

「通信機器の性能が悪い。それに向こうの暗号がなかなか解読できないんだ。敵さんにはこっちの暗号はとっくに解読されているらしいんだがな」

そう言って暗号機の入った背嚢を顎で示した。

「ドイツ生まれのこいつは、何十万種類ものタイプの暗号が作れるというすぐれもので、この機械を奪われないかぎりこちらの暗号が解読されることは絶対にないはずなんだ。仮に機械を奪われたって、何人もの専門家が何日も時間をかけ知恵を集めて作業に当らない限り、解読は不可能だ。だからそれが解読されているってことは、敵にはそれだけの規模とスタッフが揃っているということなんだ」

少尉は深く溜息を吐くように言った。テルマが黙っていると、

「暗号というやつはどんなに苦労して考え出しても、そのうち必ずといっていいほど解読されてしまうものなのかもしれん」

そう言って、無念そうに口を引き結んだ。

「それじゃあですね、こっちも負けずに向こうの暗号を解読してやればいいんじゃあない

ですか」

「それがだなあ。残念なことにわが軍にはそれだけの技術もスタッフもいないんだ。ぼくももう何回かあちらさんの無線の通信は拾っているんだが、さっぱり意味がつかめない。いいかい、敵さんは無線でどうどうと会話をしているんだぜ。だがもちろん英語ではない。言語学者にも聞かせたんだがどこの言葉なのかさえ誰にも分からないんだ。したがって暗号には違いないんだが、これが風変わりな暗号でな。解読の糸口さえ摑めないんだ」

「よっぽど優れた暗号なんですか」

「解読できないということは、結局そういうことになるんだろうな。わが軍の情報に対する備えが貧弱だということがあるにしても、向こうの方が断然にすぐれている。イギリスで仕入れた情報によるとアメリカでは、暗号解読班だけで科学者も含めて数万人の専門家を揃えているらしいからな」

蕭然とした様子で少尉は言った。

「それに比べてこっちは、十四、五歳の子どもに半年ぐらいの通信の速習を施して、それで交信をやっている始末だからなあ。お粗末というしかないよ」

といかにも無念そうに、悪い夢の続きでも見ているような目になって言った。

その時テルマは、ふと司令壕の中で出会った幼なじみの岡野のことを想った。彼らは充分な訓練も受けず年端もいかぬうちに、重要な任務を負わされているのだ。

「この沖縄の戦争でも、もし敵が台湾を素通りして沖縄に上陸するという情報がつかめていたなら、第九師団は台湾に送らなくても良かったわけでありますか」

「その通りだよ。逆に南方から沖縄に向かう敵の艦船を、途中で叩くことだって出来たんだ。第九師団の件は大本営の状況判断の失敗という側面が強いが、他の作戦を見ても全体に緻密さに欠ける。言いたくないが、大本営は頭の固い間抜け揃いだと言わざるを得ない」

少尉は不敬に価するような大胆なことを、いともあっさりと口にした。だが呉島なんかのこうした大胆な言葉に慣れているテルマには、さほど驚くことでもなかった。

「アメリカの無線は実にいい音を発信している。こっちの通信兵の中には、あちらさんの音楽を聴いてなぐさめにしている者もいるよ。きっと発信だけでなく、受信も相当優秀なものであるに違いない。日本は兵器だけでなく通信機器の面でもおおいに遅れをとっているのは間違いない。結局のところ頭脳でも、おおいに遅れているのかもしれない。なにしろ敵の重厚な機甲部隊に向かって、竹槍と精神主義で闘おうって訳だからね」

少尉の言葉はしまいには疲れたようにか細くなった。その頃になると少尉のいう言葉は、ほとんど抵抗なくテルマにも理解できるようになっていた。敵の損傷に比べて、日本側の損傷の方がはるかに多いことは誰の目にも明らかだった。首里の攻防では日本側には、毎日五千人ずつの戦死者が出たという話は、鉄血勤皇隊員たちの間でも噂になっているほどだった。この戦争がいかに無謀で稚拙で悲惨で、恐ろしく馬鹿げたものであるかということは、次第にテルマの気持ちの中で確かな認識になりつつあった。

少尉の話は学校での授業なんかより、はるかに衝撃的で啓発的だった。テルマには、貧弱だった自分の脳細胞を鍛錬してくれているようにさえ思えた。

「暗号戦では間違いなく遅れている。ぼくは沖縄に転属になる前から敵さんの色んな無線を傍受しているんだが、いまだに解読できない。さっきも言ったが中でも、ある種の言葉のようなやりとりはまったく分からん。かなり重要なやりとりに違いないんだが、皆目意味がつかめん。中野でも必死に解読しようとしているんだが、これまでの暗号のパターンとは明らかに違うんだ。どうも彼らにしか分からない、新型の言葉をあみだしたようなんだが……」

少尉は誰かに、ずっとその胸の内を吐き出したい思いに駆られていたのだと思う。でなければ、本来なら通信の仲間内でしか話し合えないような重要なことを、ちっぽけな沖縄の少年である自分に、こうもあからさまに語るはずがない。

足の痛みに耐えながら、しかも間もなく敗北が明かになるような退却行の中で、軽い錯乱にでも襲われているのだろうか。熱に浮かされたように少尉の言葉は際限なく続いた。

「さて、砲撃の音がだいぶ近づいてきたようだ。おそらく六十二軍の弾薬が尽きたんだろう。これ以上追撃が激しくなる前に脱出するとしようか」

☆

注意深く腰を上げながらふと前方に目をやると、南の方から黒い集団が長い列をなして、ゆっくりした足取りでこっちにやって来るのが目に入った。ゆうに三百人は超えているだろうか、遠目にも沖縄の住民たちであることが分かった。近づいてくるにしたがって女や子ども、老人たちばかりで、中には赤子を抱いている女の人も何人かいる。

みな一様に黒く薄汚れており、何日も顔も洗わず食物も口にせずに戦場を彷徨って来たに違いなかった。

力なく重たい足取りで近づいてくる集団に思わずテルマは立ち上がっていた。

「どこへ行くんですか」

「どこへ行ったらいいか分からないんだよ。ひと処に留まっていると爆弾にやられるような気がするから、どこかに安全な処がないかと思って、ただこうして歩いているだけさ」

先頭を歩いていた七十歳ぐらいの先導役らしい老人が力なく言った。

「こっちは逆じゃないんですか。皆、南へ逃げているじゃないですか」

敵の方角に向かって行進する避難民を見てテルマは、驚きながら尚も言った。

「摩文仁には自然洞窟もたくさんある筈でしょう。それに北にはアメリカ軍が居て、まだ盛んに砲弾が飛び交っているんですよ」

するとと老人が目を見開いて言った。

「おれたちは、その摩文仁の洞窟から追い出されて来たんだよ。日本兵にな。食糧も奪われたうえ今からここは戦場になるから、さっさとどこかへ行けというんだ。摩文仁の洞窟はどこも日本兵でいっぱいだよ。南の端っこからどこかへ行けと言われたら、海の中か北の方へ行くしかないじゃないか」

怒りと嗚咽が入り混じったような声だった。

どうにも言葉のかけようがなく、後ろ足を踏む思いでテルマは立ち尽くしていた。すると後ろから杉村少尉が声をかけた。

「このまま北へ進めばいいですよ。摩文仁は間もなく地獄の戦場に変わるはずです。そうなるともうどこにも逃げ場がなくなる。途中で六十二団の敗走兵と行き合うかもしれないが、かまわずに前へ進むことです。敵の標的は兵隊であって民間人ではないですから。日本兵と一緒に居るのが一番危険です。それから白い布を棒に結わえつけて、何本も高くかかげながら行きなさい。アメリカ軍はきっと双眼鏡で見ていて、民間人だと分かれば撃ってはきませんよ」

「しかし、アメリカの捕虜になったら、何をされるか分からないというじゃありませんか」

老人の背後から女の人が、困惑して泣きそうに顔をゆがめながら言った。少尉はさらに言葉に意を籠めた。

「けっして、そんなことはありません。ぼくは通信兵ですが、一般住民はちゃんと保護するようにという、アメリカ軍の無線を何度も聴いています。追い詰められた日本兵と一緒に居るよりは、アメリカ兵の方がよっぽど安全です。ただし夜は動かないことです。夜動くと、敵味方なく見境なく撃たれますよ」

住民たちはなおも疑いの目で少尉を見ながら、逡巡するように立ち尽くしていた。

「ぼくを信じて下さい。現に戦闘に巻き込まれて亡くなった人は沢山いるが、捕虜になって殺されたという情報はありませんよ。アメリカは沖縄の住民と日本兵とは、厳格に分けて考えているようです」

疑いの気配はなおも消えない様子だった。

やがて住民たちは、決心したように周辺にある住宅の残骸や倒れている立木の枝を拾ったりして、白旗を作り始めた。他に何の手立ても無いので、ここはひとつ少尉の言葉を信じてみようと思ったのかも知れなかった。

少しして隊列は、手拭いやさらしを結んだ白旗を何本も掲げて、確信がなさそうに再びのろのろと北に向かって歩き出した。

隊列の背中に少尉が叫ぶように言った。

「いいですか、間違っても集団で自決なんかしては駄目ですよ。生きるために最後まで頑張るんです」

「あの人たち、アメリカ軍のいる方角へ行って本当に大丈夫なんでしょうか」

住民たちの隊列を見送ったあとで、再び歩き出しながらテルマは言った。

「少なくとも砲弾で吹き飛ばされる前に敵さんに発見されれば、大丈夫なはずだ。先ほども言ったように、住民は保護するようにという敵さんの無線を、何度も傍受しているからね」

「少尉どのは親切ですね」

そう言ったあと少尉の口から何げなく漏れた言葉にテルマは興味を惹かれた。

「実のところぼくには半分、沖縄人の血が流れているんだよ」

急ぐ旅でもないからと少尉は、歩をゆるめながら今度は自分の身の上話を始めた。

☆

昭和の初めごろ、かつお節の仕入れのため頻繁に沖縄の糸満を訪れていた少尉の父親が、仕入れ先の漁家で見初めた娘が少尉の母だったのだと、道々少尉は語ってくれた。

だが当時の日本人は沖縄の人々を自分たちと同等とはみなしておらず、同じ日本人でも貧しい田舎の遠戚ぐらいの気持ちしかなかったから、当然のことに少尉の父の結婚は、周囲の強いひんしゅくの的になった。

また沖縄側にしても、本土の自分たちに対する蔑視の目を意識してはいたが、さればといって特別劣等意識をもっている訳でもなかった。逆にシマンチュの伝統や中国との長い文化の交流などに誇りさえ持っていたから、なんとなく上から見下す感じのあるヤマトンチュとの婚姻は、沖縄の方にも敬遠する風潮があった。

杉村少尉の父は双方の意見を強引にねじ伏せて母を本土に連れ帰り、女房にしてしまった。期せずしてかつお節問屋の若女将に据えられてしまった少尉の母は、しかし糸満女の度胸と才覚で、たちまち父や祖父顔負けの商才を発揮し出して、数年後には鰹節問屋の実権を握るまでになったのだと少尉は、半ば誇らしげに語った。

☆

テルマたちがようやくの思いで摩文仁の近くにある山城の壕に到着したのは、六月の五日ごろだった。その頃には少尉の歩みは相当苦しそうになっていた。左足の負傷した辺りに目をやると巻脚絆ににじむ血の色が汚濁した牛乳のように変色しており、にじむ範囲はかなり広がっていた。ひと目で傷が悪化していることが見てとれた。もしかして少尉の際限のないお喋りは、その傷の痛みを紛らわすためかもしれないとテルマは思った。

山城に辿り着くまでの道はまた、軍に壕を占拠されて行き場を失った大勢の住民であふれかえっていた。テルマと少尉が到着したころには第三十二軍はあらかたが撤退を完了し終えていて、摩文仁の丘陵一帯の壕に陣地を構え、すでに戦闘準備を整えていた。

背後は断崖絶壁の海岸であったから、もはやこれ以上の撤退は不可能で、文字通り背水の陣を敷いての最後の決戦を覚悟しているようであった。

最後のたたかいとは言っても、そこにあるものは体力の残っている者が首里から背負ってきたわずかな物資と、数日の戦闘にも耐えられないほどの乏しい武器があるに過ぎなかった。

大砲はあっても弾薬がなく、兵は居ても食糧がなかった。また多くの負傷兵が居たが、すでに野戦病院もなく、薬籠の備えもほとんど無かった。

第三十二軍はすでに物資が底をついていたのである。

そこにあるのは絶望だけで、兵士たちは迫りくる死の恐怖よりもまず、疲労と空腹と闘わなければならなかった。ある兵たちは空腹をしのぐために、周囲の草原を這いずり回ってイナゴやムカデなどの虫を捜して食べることに余念がなく、ある兵は壕の中で終日『南無妙法蓮華経』を唱えていた。ある将軍たちは朝からウィスキーをラッパ飲みし、ある兵は手りゅう弾を抱いて自らその命を絶った。元気な兵に、手りゅう弾をせがむ負傷兵もいたが、自らの自決に必要だからと断られている者もいた。

第三十二軍には兵員の頭数こそまだ残っていたが、かつての精鋭部隊の面影は、どこを探しても見当たらなかった。さらに兵士に倍する住民たちこそ悲惨であった。住民たちはわずかに携帯していた食糧を兵に奪われ、壕からも追い出されて、しばし砲撃が小止みになった原野や海岸を、当てもなくうろうろと彷徨っていた。背後の海上にもアメリカの軍船がひしめいており、もはやどこにも逃げ場は残されて居なかった。

テルマと少尉が摩文仁の外れにある山城に到着したのは、ちょうどそんなときだった。到着して一番端っこの方にある壕に入ってから間もなくテルマは、自分の死がそれほど遠くないことを悟った。壕はそれほど大きな場所ではなかったが、それでも中には百人以上の兵隊が詰め込まれていた。中には汗や排泄物や傷病兵の傷口から発する臭いなどの悪臭が充満していた。

黄金森《くがむにい》の陸軍病院と違うのは、消毒液の臭いがないところだけだった。兵たちの間には、死でも何でもいいから、とにかく早く終わらせてくれという悲壮な空気が漂っていた。

「理性のある指揮官なら、とっくの昔に降服している情況だ。もっとも理性があったら初めからこんな馬鹿げた戦争なんかしないだろうがな」

少尉はすでに何度か言った言葉を、テルマにしか聞こえないような声でまた繰り返した。遠い処に居る日本軍全体の責任者に対して怒っているように思えた。

流ちょうな日本語で、降服を呼びかけるアメリカ軍のアナウンスが、壕の上に轟き渡ったのは、そんな時だった。

「あと十分後に攻撃を開始します。無駄な抵抗は止めて、今のうちに壕《ケエブ》から出て来なさい。投降するものは安全に保護します。繰り返します…………」

アナウンスは何度か繰り返された。

杉村少尉が突然思い立ったように、しかし何かの決意の表情を見せて、テルマに迫ってきたのはそんなときだった。

「テルマ、もしわずかでも生きる希望があるとしたら、この壕から出て降服することだ」

少し前までのテルマなら尻込みして、絶対に受け入れられない提案だった。だが陸軍病院で聞いた姉の言葉や、なによりここまでの少尉の話が思考に少し変化を与えていたに違いない。そして次の瞬間テルマは、少尉に追い出されるようにして壕から飛び出したのだった。

ロバート

屋嘉の収容所にはすでに数千人か数万人の民間人が収容されていた。テルマと同じ時に投降したのは殆どが民間人だった。収容される際に厳重な身体検査をされたのは、時どき手りゅう弾を抱いた日本兵が民間人に姿を変えて自爆攻撃をされるのを防ぐためであった。収容所で最初にやられたことは、素っ裸にされてシャワーを浴びせられ身体を消毒されたことだった。

収容される前の住民たちはみな戦火の中を彷徨って来たため、油や泥に汚れた衣服をまとって乞食のようなみじめな形をしており、蚤やシラミをいっぱい身体に飼っていたからだった。消毒された後に胸のところにＰＷというロゴの入った新しい衣服が支給され、負傷者は傷の手当をしてもらった。

テルマも収容されてすぐ、左腕の銃傷の手当をしてもらった。ここには砲弾も銃弾も飛んでこなかったし、乾パンや缶詰めなどの食糧も支給されたので飢えの心配もなかった。

収容所でテルマは、知っている人間には誰にも会わなかった。沖縄一中の仲間はおろか長堂の住民にさえ会わなかった。屋嘉に居たのはほんのいっときの間だった。というのは屋嘉に来て一週間ぐらいしてからこの収容所は廃止になるということで、収容者は全員トラックの荷台や軍用のバスに乗せられて嘉手納の収容所に移されたからだった。カーチベー（南西の季節風）の吹く、六月の初めのことだった。

嘉手納にきてからテルマが真っ先にしたことは、見知った顔を探しては家族の情報を得ることだった。収容所には毎日よそから新しい収容者が連れて来られたし、また何人かは他所に移されていった。アメリカ軍は有刺鉄線を張り巡らせた収容所を沖縄の方々につくり、軍人と民間人、そしてその双方をさらに日本人と沖縄人、朝鮮人に分けて収容していた。

そうしないとこれまでの行きがかりから、小さな民族紛争に発展しかねない小競り合いがすぐに始まったからであった。そういったことはとくにヤマトンチュ（内地人）と朝鮮人との間に顕著だった。それが他民族を抑圧してきた日本の歴史の、負の遺産であるということを理解できるようになったのは、ずっと後になってからのことだった。

沖縄人はヤマトンチュにも朝鮮人にも特別な恨みは持っていなかったし、また他民族から恨まれる筋合いもなかった。

だがヤマトンチュには依然として沖縄人を目下に見る傾向があったし、朝鮮人の中にはウチナンチュとヤマトンチュの区別がつかないものも居た。

だから沖縄人をヤマトンチュと分けて収容したのは、もしかしたら沖縄人を保護しようというアメリカ軍の特別の思いやりだったのかもしれない。

☆

アメリカ兵たちを見ていて感じたことは、アメリカ軍では日本軍ほど上下の関係が厳格ではないということだった。とはいえ上下の階級はちゃんとあって、軍としての秩序は粛然と保たれているのだが、日本軍のように上官がいばりちらして何かというとすぐに高声を張り上げて、下の者にビンタをくらわすなどという野蛮な風習は見当たらなかった。

嘉手納の収容所にきて数日が経った頃、一人の男がテルマのテントを訪ねてきた。

杖をつき右足を引きずるようにして傍に寄ってきたその男の顔を見た途端に、テルマは叫んでいた。

「比嘉ぁ！　お前、生きていたのかあ」

黄金森の病院壕に置き去りにされて、真っ先に死んだと思っていた沖縄一中の仲間だった。

「ここに来てからアメリカさんに診てもらったお蔭で、ここまで歩けるようになった。だがこれ以上は無理らしい」

比嘉は不自由な右の太ももを、手で慈しむようになでさすった。それから、

「おれがこうして生きていられるのは、おまえの姉さんのおかげだ」

と言った。姉の栄子が負傷者を見捨てて行くことに耐えられず、病院壕に残ったという話はすでに聞いていた。それ以来、頭の隅でずっと姉の安否は気になっていたのだ。

だが比嘉の苦渋に満ちた言い方はテルマに「姉はどうなった」という問いをためらわせる響きがあった。

しかし比嘉には、テルマの気持ちは十分に分かっていた。そしてそれが自分の義務であると信じているように、重く言葉を続けた。

「お前の姉さんは、元気な人たちが全員立ち去っても皆と一緒に行かずに残ったんだ。おれたち動けない負傷兵を守るためにな」

比嘉は次の言葉を捜そうとするように目を宙に浮かせたがたちまち表情を曇らせた。

ムカデの足のように掘られた病院壕の中には数千人の負傷者がいたが、砲撃が激しくなってくると動けるものは皆立ち去ったという。立ち去り際に軍医が、残ったものたち一人一人に粉ミルクを溶いた容器を手渡した。そして、

「いざとなったらこれを飲め」と言ったらしい。

比嘉は気持ちを振り起して、話しを続けた。

「おまえの姉さんはできるかぎりの人から、そういった青酸入りの飲み物や手りゅう弾を

取り上げたんだ。最後まで希望を棄ててはいけないってな。もちろん中には応じない者もいたし、全部の壕まではとても手が回らなかったと思うがな」

壕は砲弾を受けて次々に破壊されていったらしい。

「栄子さんは担架の棒を引き抜くと、それにシーツを巻いて思い切ったように表に飛び出して行ったんだ。壕の上に白旗を掲げるためにな。三度目ぐらいの時だったか、……もう戻っては来なかった」

比嘉は再び声を詰まらせた。

「アメリカ兵が壕の中に入って来たのは、それから間もなくのことだった。少なくともおれたちの壕の人間が生きていられたのは、長堂看護婦のお蔭だ……」

比嘉は目をうるませて語った。テルマには返す言葉がなかった。

テルマたちが陸軍病院の壕に比嘉を運んだ時、姉はこう言った。

「なにがあっても生き抜いて家を守れ。そうしないと自分が帰る場所がなくなる」と。

あの時姉はすでに死を覚悟していたのかも知れない。テルマは収容所の片隅に行き、姉を偲んで声を殺して泣いた。姉が人間として立派な最後を遂げたのだと誇りに思えるようになったのは、やはり戦争が終わってしばらく経ってからのことだ。

アメリカ軍はそれまで沖縄の方々に作っていた収容所を六個所ぐらいに集約する方針だということで、中でも嘉手納の収容所は最大規模のものらしく、数万人が収容されているようだった。

アメリカ軍はここでも民族別の他に、もうひとつ日本軍将校用の収容所を作っていた。これは将校にはとくに敬意を払うという戦陣の慣習ということよりも、むしろ将校たちが下の兵たちからいつどのような暴行を受けるか分からないという、日本軍の特殊な事情に依るものらしかった。

「ひとには投降するのは恥だ、敵の捕虜になるのは軍人としてもっとも恥ずかしいことだと言って、さんざん特攻攻撃だの自決だのを命令しておきながら、よくも恥ずかしくもなくそうやって、おめおめと捕虜になって生きていられるもんだなあ」

将校が一般の兵隊たちに闇夜に引きずり出されて、そんな風に糾弾され、殴る蹴るの暴行を浴びることが、そのころ頻繁に起こっていたようだった。それは上官が下の兵隊の命や人権を軽んずるという、日本軍の恥ずべき特質から生まれたものだろう。

収容所はまた情報交換の場でもあった。住民たちの多くが兵隊や軍属としてとられた身内や親戚、友人や知人などの安否を尋ね歩くのが日課となっていた。テルマもその例外ではなく、よそから新しい収容者が送られて来るたびに家族の消息を聞き歩いた。

収容所での生活はまったく安全なことばかりではなかった。アメリカ軍は収容者にテントを与え、最低限度の食糧と衣服は支給してくれた。だがそれはあくまでも最低限度であり決して十分なものではなかった。ほとんどの者が戦地を彷徨って心身が弱っていたため、栄養失調やマラリアなどに罹って、収容所の中でも大勢が死んでいった。

それでよく食糧が盗まれたり強奪されるということが起こった。収容所の外から物資を調達しようとして、夜陰に乗じて抜け出し、日本兵と間違われて哨戒のアメリカ兵に射殺される者なども少なくなかった。

収容された住民たちにとってのもうひとつの悩みのタネは、沖縄の若い女性がアメリカ兵に性的な暴行を受けることだった。そのため収容者の中には娘や妻に男の恰好をさせたり、どこかへ隠したりする者たちもいたが、それでも強姦事件は後を絶たなかった。あまりに頻繁に事件が起きるため、収容者たちは皆で相談して夜は女性を一か所に集めて、男たちが皆で警護することになった。後には忍び寄る米兵を発見するとガランガランと鐘を鳴らして大騒ぎするようになった。

そのような対策を講じたため、その後はあまり事件は起こらなくなった。

☆

嘉手納の収容所に行ってからほどなくテルマは、日系二世のロバート・草津というアメリカ兵と知り合いになった。

ロバートはテルマが収容所に来る前から比嘉と親しくしていたアメリカ兵で、以前から比嘉のところへはよく訪ねてきていたらしかった。テルマが嘉手納に来てからは始終比嘉と一緒にいるので、自然にテルマとも親しくなった。

ロバートは戦闘兵ではなく、日系二世としての日本語の能力を買われて、通訳として軍に入った人だった。

沖縄に上陸するまでは、日本軍を打ち破ってアメリカが奪還した南方の島々で、そこで手に入れた日本軍のさまざまな文書を翻訳したり、あるいは傍受した日本軍の通信やラジオ放送を通訳したりするのを主な仕事にしていたらしかった。

沖縄に上陸してからは日本兵の捕虜を尋問するときの通訳をしたり、住民とアメリカ兵との会話の仲立ちをもっぱらの仕事にしていた。その際まだヤマトゥグチ（本土の標準語）をよく話せない沖縄の年配の人たちには、ロバートの日本語はなかなか通じなかった。

そこで比嘉が起用されたのだった。ロバートの日本語を比嘉がウチナーグチ（沖縄語）に直して話し、逆に沖縄の人のウチナーグチを日本語に直して、ロバートに伝えるのだ。つまり比嘉は通訳の通訳といったような役割をしていたのだ。

沖縄の学校では戦争が始まる数年前から、皇民化教育として「標準語励行運動」という、ヤマトゥグチを強制する施策がとられていた。ウチナーグチを使った生徒には罰則が与えられるために、子どもたちはみな一生懸命にヤマトゥグチを学んだ。だが大人や年寄りはなかなか覚えきれず、ヤマトゥグチの分からない人が多かったのだ。

しかし沖縄戦において、兵隊ばかりでなく現地の住民までがなかなかアメリカ軍の投降勧告を受け入れず、ついには「集団自決」などの悲劇を繰り返したのは、必ずしも言葉が通じなかったためばかりではない。

多くの場合それは、アメリカ人やイギリス人を鬼畜などと教え込んだ、皇民化教育の産物であり、また軍と共に居たことの弊害に依るものだということは、今ではテルマのような少年にさえ分かっていることだ。

比嘉と一緒にいるうちに、テルマもまた自然にロバートの手伝いをするようになった。そして広い収容所を駆けまわるのは足の不自由な比嘉よりはテルマの方が都合がよく、いつの間にか仕事を手伝う比重が多くなっていった。

ロバートは収容所におけるいろいろな規則や、アメリカ側の通達のようなことも伝えるが、普段は収容されている人たちが日常に困っていることやさまざまな要望を聞いて、できるだけアメリカ側に伝え収容者たちの望みが叶うように努力してくれていた。テルマが会話の仲立ちをした後には、必ずチョコレートとかフルーツの缶詰とか、時にはボールペンとかノートなどをお礼にくれた。

紳士的で柔和な人柄がどこか杉村少尉に通じるところがあり、年の違うテルマのような少年にも大人同士のように対等に話してくれた。テルマはこのロバートからいろいろな情報を聴くことが出来た。

十六歳のテルマにとって、杉村少尉のときと同様にロバートとの交流はあらたに認識を広げることができる、大きな社会勉強の場であった。

そのうちロバートがテルマの家族の名前をメモして、収容者たちのリストと照合してくれるようになった。だがようとして姉以外の家族の安否は分からなかった。

ロバートはよく、沖縄に上陸してから彼自身が見たり聞いたりしてきたことをテルマと比嘉に語って聞かせた。ロバートの話を聞くことによって、沖縄戦はテルマの心の中で次第に形を変えたものになっていった。たぶん比嘉もそうだったのだろう。

「壕の中や付近にいる住民たちは、兵隊と一緒にいるためになかなか投降しようとしません。いったい日本の兵士たちは、もう敗北が決定的になっているのに、なんで住民を投降させようとはしないんでしょうか。だいたい兵士が非戦闘員の一般住民と一緒に混在して居るなどということが理解できません。それは非戦闘員である住民の命を、限りなく危険にさらすということです。悪くいえば住民を戦闘の盾にしているとも言えるわけです」

その時テルマは、首里を撤退するときに垣花と共に司令部壕の中で見た光景を思い出していた。それは守備軍が首里を撤退するという結論を出したとき、沖縄の島田知事が猛烈に反対し、なんとか首里に踏み留まるよう司令部に、懸命に訴えている場面だった。

沖縄守備軍は、すでに戦闘の足手まといになる住民たちを追い出すようにして南端の島尻方面に避難させている。避難といえば聞こえはいいが、住民たちは満足な食糧も持たず壕から追い出され、砲弾の嵐の中を九死に一生の思いで島尻へ逃げ延びたのである。

島尻に避難した住民の処へ、後から日本軍がなだれ込んで行ったらどういうことになるか。せっかく戦闘の無い場所に逃げ延びた三十万人の住民たちが、日本軍と一緒に直接戦闘の標的になり、再び戦禍に巻き込まれることになる。

島田知事が訴えていたのは、そういう事態を回避して欲しいと言う切実な思いからであった。だがもはや日本軍には住民の安全などということは、露ほども問題にならなかった。

ロバートの話は続いていた。

ある部隊が日本兵が潜んでいると思われる壕を発見し、遠巻きに近づいていった時だった。

壕の入り口付近に小さな女の子が立っているのが見えたという。何人かの兵士が保護しようとして足を踏み出した時だった。反対側にいた兵士が待てというように手を振ったので様子を見るために立ち止まった。

壕の入り口に居たのは四、五歳ぐらいの幼女で、恐怖のために泣くことさえできずに、握り締めた両手を胸の前に立てながら、ぶるぶる震えていたという。するといましがた手を振って押しとどめた反対側の兵士の一団がいきなり壕の入り口付近に向かって発砲した。次の瞬間別の兵士が飛び出して行って幼女を抱き上げ、すばやく壕の死角に居る自分たちの隊列に戻ったという。すべてはあっという間のできごとだった。

幼女の背中には爆薬がくくり付けてあり、壕の入り口で日本の狙撃兵がその爆薬を狙っていたのだった。米兵は子どもを見ると保護するために近寄ってくるので、その瞬間を狙って子どももろとも爆殺するという作戦らしかった。米兵はそれを見抜き、間一髪で少女を救出したということだった。

「日本兵はよくこういう住民を利用したブービートラップを仕掛けてきます。投降するように見せかけた住民の一団の中に混じって、いきなり銃撃を浴びせてきた例もあります。日本兵には沖縄人を利用はしても、守ろうなどという考えは、まったくありません」

ロバートは憤りを抑えきれないというよりは、むしろ悲しみを吐露するように言った。

「アメリカ兵は沖縄に上陸する前に、沖縄についてある程度のことを学んできています。日本本土の人と沖縄の人は文化も民族も違うということや、沖縄はコリアと同じように力で日本に従属させられて、ひどい目に遭っているということなどです」

ロバートの言葉からテルマは、少し奇異な感じを受けていた。これまでテルマは、自分は日本人であるということを微塵《みじん》も疑ってみたことはなかった。本土と同じようにみな同じ天皇陛下の臣民で、神である天皇陛下の祖先がつくった御国を守るために闘っているということを、ゴマ粒ほども疑ったことはない。

それなのに何でロバートは、沖縄がコリアと同じだなんて言うのだろうか。だが一方でテルマは、ロバートの言葉がまったく現実とかけ離れた、奇想天外なものだと言い切れる確信もなかった。

沖縄人はなぜ本土の人間をヤマトンチュ、沖縄の人間のことをウチナンチュなどと分けた言い方をするのか。県知事や師範学校の校長や、あるいは農業試験場の場長など要職にある人はなぜ皆、本土の人間なのか。

本土から来た人間とくに軍人は、なぜみんな沖縄人にたいして見下したような偉そうな態度をとるのだろうか。なぜウチナーグチを禁止し、無理にヤマトゥグチだけを使わせようとするのか。

沖縄のサトウに、なぜ経営が成り立たなくなるほどの高い税金をかけるのか。

これまで当たり前として気にもしなかったことが、ロバートの話を聞いているうちに確かに本土とは違う不平等なものとして、にわかにテルマの気持ちの中に現実の疑念として湧き上がってきたのだ。

「でも沖縄とコリアの違うところは、コリアには植民地として日本に征服されているという気持ちがあります。この戦争が終わればコリアは日本からの独立を選ぶでしょう。でも沖縄人は違います。この戦争でこんなにひどい犠牲を払わせられても、あくまで日本の一員であろうとする。とても友好的で従順な態度です」

ロバートは自分の言いたいことの意味が、よく伝わっているかどうか確かめるように、いったん言葉を切って、テルマの顔を見た。

「沖縄人は元来が争いを好まない、平和な民族なのだと思います。でも日本人は沖縄の友好に、誠実に応えようとはしません。沖縄に無理なことばかり要求してきました。ジャップは沖縄にとって、とても対等で友好的な同胞とは言えないと思います」

ロバートは日系二世であるためか、この戦争に他のアメリカ兵たちとは少し違った視点を抱いているように思えた。

ロバートは、日系二世としてのその複雑な胸中を、日本人の誰かに話したいようだった。だが現実に彼が接している日本人というのは、兵士を筆頭に近寄りがたい牢固とした、軍国と片寄った愛国思想の持ち主ばかりだった。そのためかまだそれほど皇国思想に染まりきっていない、若くて柔軟な考えを持っている自分のような少年に、その心の丈を伝えたいのだとテルマは思った。

「ぼくは沖縄に来てみて、日本人の血をひいていることがひどく恥ずかしくなっているんですよ。少なくともこの戦争の日本側の指導者には、はらわたが煮えくりかえるほどの憎しみと軽蔑を覚えています。だってそうでしょう、日本軍には同じ日本人であるはずの沖縄の住民を守ろうという意識がまったく感じられない。そればかりか日本側のここでの作戦は、完全に非戦闘員の住民を巻き込んで犠牲にさえしている。それが組織的で実に共通に見られるから、これは初めから戦争指導者たちの方針なり思想だったのでしょう。ほとんどのアメリカ兵はそんな日本人を、非常に野蛮な虫けらのような連中だと思っていますよ」

ロバートの言葉に、なぜだかテルマは自分自身が恥辱を受けたように耳が熱くなった。

ロバートは自分のいうことを補足するように、さらに言葉をつづけた。

「ぼくは捕虜、つまり兵士のことですが兵士の担当ではありません。沖縄に来てからのぼくの担当は主に収容されている民間人からの聞き取り調査です。これは想像以上に辛い仕事なんですよ」

ロバートはいったん言葉を置いて目を閉じた。ややあってから、

「ぼくは自分が日本人の血を受け継いでいることを、今ではとても、悲しく思っています」

ふいに慟哭するかのように、言葉が乱れた。

「あちこちの洞窟で、大勢の住民たちが集団で自殺をしています。日本軍にそうしなければいけないようなところへ追い込まれているのです。また大勢の住民が摩文仁に避難して行きました。住民だけならアメリカ軍は攻撃はしません。だがそこへ首里を撤退した軍がなだれ込んで行ったのです。住民が避難していた壕へ兵隊がなだれ込んで、住民を銃弾の飛び交う戦場に追い出し、食糧さえ奪いました。そのために大勢の住民が犠牲になりました」

ロバートはまるで自分の不幸を訴えるかのように、上気した顔に涙さえ浮かべながら、語り続けた。

「沖縄の人たちはアメリカの降服の勧告をなかなか受け入れようとしません。住民の中に

は、下士官から手りゅう弾を持たされたり、軍の医者からポイズン、つまり毒薬を渡されたりした人が大勢います。アメリカ軍につかまると残酷な殺され方をすると、うそを吹きこまれているんです。そんな馬鹿なことを吹きこまなければ、もっと多くの住民の命が助かったはずです」

テルマは自分がこれまで疑ってさえ見なかったようなことが、ぐいぐいと表にえぐり出されて行くような気がした。

自分の抱いてきた常識が踏みにじられているような、魂に突き刺さる言葉だった。父や兄や姉や、いやかく言う自分までが、そんな日本軍の馬鹿げたやりかたに翻弄されていたのか。胸の中で何かが急速に崩れて行っているようで、テルマには返す言葉すらなかった。

アメリカ兵は鬼畜のような人間なので何をされるか分からない。捕虜にならないためには自決するしかないと、つい数日前までは自分も信じ込んで疑わなかったことなのだ。

そうした考えがいかに無知でいかに酷い結果をもたらすものであるかということが、今のテルマにはとてもよく分かる。ロバートの言葉には杉村少尉の言ったことと大いに重なるところがあった。いったい日本という国はなんという遅れた、偏狭で野蛮な思想を持っていたのだろう。本土では『一億玉砕』などということを、上に立つ人間が本気で叫んでいるという。

「戦争前までぼくは、日本という国に憧れを持っていたのです。戦争ですから戦うのも致し方ないだろうとも。ところがいくら負け戦とはいえ、これほど自分の国の住民を苦しめるなんて、日本兵はいったい何を守るために戦っているのかと……今のぼくには、日本という国は、狂っているとしか思えません」

日本人の血を受け継いでいるロバートの矜持《きょうじ》が、この戦争でずたずたに引き裂かれているのかも知れなかった。末端とはいえ自分もその日本軍の一員ではなかったのかと思うとテルマは、ロバートの言葉のひとつひとつに、槍で胸を突かれるような気がした。よくは分からないが、自分の知らない、なにか重大な事実が突きつけられているのだと思った。そのときテルマの体の中を吹いていたのは、只ならない混乱と渺茫《びょうぼう》とした虚無の風でしかなかった。

ホーク

収容所では何人かの人が三線《さんしん》をひいていた。すべて此処に来てから作った手製の三線であった。

チーガという胴の部分は缶詰めの空き缶を使用し、ソー（棹）は何かの丈夫な木を削って宛《あて》がい、チル（弦）にはパラシュートの糸を使っていた。アメリカには日本や沖縄の缶詰より大きなものがあって、風呂場の洗い桶ぐらいのものは、三線のチーガーに利用できたのだ。

収容所の中に照屋さんという人が居て、この人の三線は胴に何かの皮が張ってあり、またことのほか腕もいいらしく、充分に鑑賞に堪える玄人はだしのいい音を響かせていた。

「戦争なんてのは何も戦闘だけで命を落とすわけじゃない。少し考えのずれた野郎が采配を振るうだけで、何万という人間が無駄に命を落としてしまうんだ。生きて虜囚の辱めを受けずなんていう馬鹿な戦陣訓を考えた奴のおかげで、死なないなくて済んだかも知れない人間がどれだけ命を落としたと思っているんだ」

照屋さんは忌憚の無い人らしく、人前もはばからずによくそんな気炎を吐いた。

照屋さんは戦前から芸事の好きなプロはだしの人であったらしく、収容所の暮らしや昔の平和だったころの沖縄を懐かしむような歌を即興でつくって歌いあげるのだった。

皆が照屋さんの歌を聴くのが好きで、彼が三線の音を響かせると、いっときの間、回りに多くの人垣ができるのだった。中には音に合わせてカチャーシーを踊り出す人も少なくなかった。

ウンナダキアガタ　（恩納嶽の向こうに）
サトゥガンユリジマ　（愛しい人の村がある）
ムインウシヌキティ　（山さえも除けて）
クガタナサナ　（こっちへ引き寄せたい）

沖縄の人たちは昔から、嬉しいときや悲しいとき、何かにつけて三線をかき鳴らしては、カチャーシーを踊り出すのだ。

照屋さんの歌声は、夕暮れの海に溶け落ちるかのように柔らかで甘くもの悲しい響きがあった。

長い間恐怖に晒されて気持ちがささくれだっていた沖縄の人たちは、照屋さんの三線と歌を聞きながらカチャーシーを踊ることで、自分の心を静かに労わっているのかも知れなかった。

あるときテルマは、照屋さんが三線を演奏しているところに見慣れない風変わりなアメリカ兵が来て、ときどき人垣の後ろからじっと耳を傾けていることに気付いた。

そのアメリカ兵がなぜ風変わりかと言うと、他のアメリカ兵とは明らかに身体から放つ雰囲気が異なっていたからだ。その兵は日本人のような漆黒の髪を長く伸ばし、侍のように後ろで束ねていた。

日焼けした茶褐色の顔の中からは、太く隆起した頑丈そうな鼻が突き出ており、その奥には猛禽類《もうきんるい》のような鋭い目が見えている。だがよく見るとその目は、深く沈んだ感じを与え、悲しみさえたたえているように思えるのだった。他の白人たちとは明らかに違っていて、どちらかと言うとむしろテルマたち東洋人に近い風貌だった。

アメリカ兵とはロバートよりも隔《へだ》たりがあった。

ロバートとは知り合いらしく、顔を合わせるとロバートはにっこりほほ笑んで頭を下げるのだった。だがそのアメリカ兵の方はほとんど表情に変化を見せず、無言でかすかに首を傾けるのみであった。無愛想というよりは、無口な人のように思えた。

「あの人、よほど照屋さんの三線が好きらしいですね」

ぼくがロバートから彼のことを聴いたのは、照屋さんの演奏が終わって人々の輪が散り始めたある昼下がりのことだった。

「あの人、アメリカ兵にしてははちょっと変わってますね。いったいどういう人なんですか」

前から興味を抱いていたことを窺わせないように気を配りながら、何げない風に聞いた。するとロバートの答えは意表をつくものだった。

「彼はね、ネイテブ・アメリカンなんですよ。西部劇を観たことはありませんか。つまりインディアンなんですよ。アメリカ・インディアン、知ってますか」

ロバートは面白そうに口元を歪めながら笑顔で言った。インディアンについてはテルマも少しは知っていた。

コロンブスがアメリカ大陸を発見する前からアメリカに住んでいた先住民族だ。鳥の羽根で作った髪飾りとも帽子ともつかぬものを頭にかぶり、短い弓を持って馬に乗っている姿を何度か本で見たことがあった。

確かアメリカ人は武力で、昔から住んでいたインディアンの土地を奪ったのではなかったか。

興味を抱いたテルマの思いを裏書きするかのように、ロバートが解説をし始めた。

「かつてインディアンは、アメリカ合衆国とカナダに数千万人もいたそうです。それが今では百万人ちょっとしかいなくなってしまいました。今では幾つかに区画された狭い指定居住地域に、日干しレンガの粗末な家を建てて暮らしています」

「なんでそんなに少なくなってしまったんですか」

テルマは軽い驚きとともに聞いた。

「白人との戦や病気で少なくなったんでしょう。沖縄だってこの戦で、三分の一ぐらいの住民が亡くなったんじゃないですか。それと似たようなことですよ。あと長い間に白人と混血して、多数派に吸収されていってるんじゃないかと思います」

「インディアンは、今でも狩猟で暮らしをたてているんですか」

「はっはっはっは、いまは狩猟では暮らしていけないでしょう。むしろ多くの若者は居住区を出て、ふつうに街の工場などで働いていると思いますよ。居住区の人たちは観光用の毛布を織ったりして、細々と暮らしていると聞いています」

ロバートは自らもアメリカにおける同じ少数民族として、どこか響き合うところでもあるのか、言葉の端々に共感の意思を覗かせながら語った。

「インディアンにもいろんな部族がありますが、かれはナバホ族という種族です。沖縄の人の歌や踊りが、どこかナバホの文化と通じ合うところがあるんじゃないでしょうか。たしかにホークは、特別に興味を持っているみたいですね」

ロバートは改めてそのことに気付いたように興味深そうな表情を浮かべて言った。それからテルマは、にわかにこのナバホ・インディアンに強い興味を抱き、機会があるたびにロバートに彼のことについて質問をするようになった。

「ホークは軍隊では、どんな仕事をやっているんですか。戦闘員なんですか」

「それはいかにテルマにでも、戦争が終わるまでは教えることはできません。軍の秘密なんです」

ある日のテルマの質問に、ロバートは言下にそう答えた。インディアンであるホークに、軍に関わりのある何の秘密があるのだろうかと、テルマいぶかった。

☆

語り合ううちにテルマとロバートは、日に日に友情を深めていった。

絶え間のない死の恐怖に包まれて人間としての情感が失われ、荒々しい狂気が支配する戦場を潜り抜けてきたためか人間らしい安らぎのある心の在りかを求めていたのかもしれない。

ロバートはすこぶる真面目で、かつ優しい心の持ち主だった。だがテルマは興味という点でなら、むしろホークの方により強く惹かれるものを感じていた。ホークは石を削ったような肌と荒削りの木彫のような顔をしていて、依然として寡黙であった。

ロバートは通訳の仕事以外でもよくホークと一緒に、僕と比嘉のテントを訪ねてきた。

ロバートとこのナバホ・インディアンのアメリカ兵と会うことが、いつの間にか収容所でのテルマの最大の楽しみになっていた。

「ホークにしてもぼくにしても、決して国に強制されてこの戦争に参加したというわけではありませんよ。確かにアメリカでの日常には、人種差別のような野蛮なことはあります。でも多様な人種がそれぞれのコミニュティーを作ることも出来ますし、アメリカの自由と民主主義を保障しようとする制度とその志向だけは、ぼくは信じて疑いません。それに何と言ってもぼくにしろホークにしろ、結局アメリカという国が好きなんですよ。だからこそアメリカを守るために志願したんです。でもぼくは、さすがに日本人との戦闘には加わりたくなかった。だから殺し合わずに済む、特殊任務を希望したんです」

一呼吸おいてからロバートは続けた。

「もしこの戦争が最初にアメリカが始めたものなら、ぼくは参加しなかったでしょう。でも最初に攻撃してきたのは日本です。パールハーバーの奇襲はとても卑怯で野蛮で、ぼくたちのような日系人にとっては、とても胸の痛む悲しいことでした。あれには全てのアメリカ人が怒っています。ぼくも、そして多分ホークも同じ気持ちだったと思います」

ロバートは心に宿していた鬱積をひと通り吐き出したというように口を閉じた後、その時の情景を想像するかのように目を細めた。それから、

「テルマを批判するように聞こえたのならごめんなさい。テルマを責める気持ちで言ったのではありません。そんな気持ちではなく、ただ若いテルマたちには本当の事を知ってお

いて欲しい。それだけなんです」

テルマには返す言葉がなかった。

この狂気に満ちた悲惨な光景は決して沖縄島民だけのものでなく、パールハーバーでも中国大陸や南方の多くの島々でも、展開されてきた光景であるに違いない。そしてこの底知れなく悲惨で愚かな惨劇の幕を開いたのは、他ならぬ日本なのだ。

自分たち沖縄人は、果たしてその当事者なのだろうか。それともコリアのように日本に強制された犠牲者なのだろうか。テルマは自分の判断には余るような課題を突き付けられて、混迷した気持ちになった。自分たちは日本人なのか、それとも日本に併合されているウチナンチュなのか。もしかしたら自分たち沖縄人は、このあとずうっとこうした煩悶《はんもん》に苦しめられるのかも知れない。テルマは漠然とそんなことを考えていた。

☆

収容所の隅っこにあるテラスのように並べられた木製のテーブルの周りに、テルマと比嘉が座っていたときだった。ロバートがホークと一緒にやってきて、空いている椅子に座った。

「ホークが、どうしても君たちと話したいと言うものだから……」

ロバートが皆まで言い終わらぬうちに、

「ユーメイ、コールミ、ホーク」

とホークはいい間合いで、テルマたちにも分かるような明瞭な発音で自己紹介をした。

「ホークと呼んでくれと言ってます」

ロバートが通訳した。ホークはどうやら、ふだんのテルマの無遠慮で子どもっぽい、興味にあふれた視線に気がついていたらしかった。

それからこのナバホ・インディアンは、英語の分からないテルマたちにも理解できるようにというつもりか、それとも元々そのような話し方なのか、単語だけのたどたどしい英語で、ぼそりぼそりと独り言のように話し始めた。

ホークの言葉の中によほど重要なことでもあるのか、「ロング・ウォーク」という言葉が何度か出てきた。ロバートがおもむろに通訳をし始めたのは、しばらくたってホークの話に一区切りがついたと思われるころだった。

それによるとホークたちナバホ族は今から八十年ぐらい前に、これまで彼らが住んでいた土地に金鉱があると信じた白人たちによって、力ずくで故郷を追われたという。

「そのときキット・カーソンという騎兵隊の連隊長が、多くのナバホを殺しました。何万人もいたのに、残ったのはたった八千五百人。カーソンは八千五百人の捕虜に銃をつきつけて、裸で五百キロのロング・ウォークに追い立てたのです」

行く先は五百キロ先にあるニューメキシコ州のサムナー砦《とりで》という、僻遠《へきえん》の地であったらしい。

五百キロの道のりを徒歩で平原を渡り岩山を越えて進んでいく過酷な行進だったらしい。途中で、飢えと疲労、そこから発生する病気などで二千人の仲間が亡くなったという。

ようやくの思いで辿り着いたサムナー砦の周辺は、作物の育ちにくい不毛の地で、ここでもまた多くの仲間が亡くなった。その後ナバホたちは粘り強くアメリカ政府と交渉をつづけた。

そして四年後にやっと元の土地に帰されることになったが、その際再び五百キロの道のりを行進しなければならなかった。

この行進のことを部族の忘れがたい屈辱と辛酸の記憶として『ロング・ウォーク』と呼んで、今日まで語り伝えているのだという。

そのときテルマの脳裏をよぎったのは、『ロング・ウォーク』と同じように、この沖縄での戦争の思い出もまた沖縄の忘れがたい辛酸の記憶として、後々まで語り伝えられなければならないのではないかということだった。その時後世の人たちは、この沖縄の戦争をどのように振り返ってくれるだろうか。

ふいにロバートの言葉がテルマの耳朶を打った。

「インディアンと同じように、沖縄の人たちもまたジャパンから迫害を受けてきたと聞いています。この戦争でもまた、このようにジャパン本土を守るために大きな犠牲を払わせられています」

ホークが口を閉じていたので、たぶんこれはロバートの意見だったのかもしれない。

「アメリカは沖縄の人とジャパン本土の人が同じだとは考えていません。アメリカ兵は沖縄を攻撃する前に勉強してきました。沖縄はコリアと同じようにジャパンに力で併合されて、理不尽な支配を受けています。わたしたちは、沖縄の人たちに同情しているのです。アメリカ兵は上陸する前に、日本兵から沖縄の人たちを解放し、保護するようにとの命令を受けています」

ロバートは引き続き自分の意見を述べた。

テルマは「沖縄の住民を保護せよ」という、杉村少尉が傍受した情報は本当だったのだと思った。同時にあの荒野で行き合った避難住民の一行は無事なのだろうかとも。また沖縄を日本から解放するという言葉は、少し前にもロバートの口から聞いたような気がする。日本からの解放というのは、テルマにとって思いもよらない異次元の言葉だった。

だがテルマの頭の中には、反論するだけの知識も理解できる思想のかけらも見つからなかった。逆に、これまで霧が立ちこめて何も見えなかった場所に一陣の風が吹いて、何か新しい取り付く島でも見えたような気さえしていた。

これまで本土から来た兵隊たちが沖縄の人間に対してとる剣突で陰険な態度や物言いから、いったい彼らが守ろうとしているものは何なのだろうかと、漠然と考えることは時々あった。はっきりした思想というわけではない、曖昧なただの感情でしかなかったがそうしたものにいま、ロバートによって明快な言葉が与えられたように思った。

「それじゃ、ホークやロバートたちは、誰のために闘っているんです」

テルマが言葉に出来なかった素朴な疑問を、横で聞いていた比嘉が口にしていた。

ロバートはそのことを英語でホークに伝えた。ホークはすでにこの戦争に自分たちが参加することの意味を考えていたらしく、ほとんど間を置かずに答えた。

「ジャパンは、真珠湾を攻撃した。このまま黙っているとジャパンは、アメリカ本土まで押し寄せて来たかもしれない。アメリカは白人だけの土地ではない。われわれの先祖が眠っている土地」

ホークのたどたどしい言葉を明瞭なヤマトウグチで伝えた後ロバートは、これは自分の場合だがと断ってから、さらに言葉を継ぎ足した。

「わたしの祖先が眠ってるのはジャパンです。ジャパンとの開戦が決まってからわたしたち日系人は、敵国人だという理由で収容所に入れられてしまいました。とても悲しい気持ちだった。特に一世である父と母は。でもわたしのような二世にとっては、アメリカは生まれ育った土地なんです。わたしはコロラド州の日系人収容所《キャンプ》から志願して、この戦争に参加しました」

言ったあとにロバートは、なにか迷いでもあるように、確信がなさそうな複雑な表情を見せた。

その後ホークが、また何事か話し出した。ホークの言葉に耳を傾けていたロバートは、やがて気を取り直したようにまた通訳し始めた。

「ナバホには、昔から過去を振りかえって、自分は何か間違ったことをしてしまったのじゃないかと、考える習慣があります。この戦争でオキナワの住民たちは、北から南のマブニへ強制的に移動させられました。ロング・ウォークほど長い距離ではないが、危険と苦しさということでは、ロング・ウォークよりももっと、ずっと苦しく辛い行進だったかも知れない」

いつも貝のように口を閉じている彼にしては長いせりふだった。ロバートはホークの次の言葉を待つように、いったん言葉をおいた。

「砲弾が吹き荒れる中での行進で、多くのオキナワ人が死んだ。助けたいと思っても、日本兵と一緒だったためにアメリカ軍には分けることが出来なかった。そのためにオキナワの人たちは、大変な犠牲を払った。自分はこれをマブニ・ウォークと呼びたい。そしてもしかして自分は、オキナワの人たちにこのマブニ・ウォークを強制する側に立ったんじゃないかと、そのことで今、とても胸を痛めている」

ホークはこれまで胸につかえていた、言いたかったことを全て話し終えたというように、口を引き結んだ。それから目の奥に沈鬱な光を宿したまま、再びじっと遠くを見つめる目つきに戻った。

ホークもロバートもアメリカにおける虐げられた民族として、この沖縄での戦争にある種の罪悪感を抱いているのではないだろうか。少なくとも他のアメリカ兵とは、少し違った思いを持っているように見えた。

ホークの言う通り首里から摩文仁、あるいは浦添から摩文仁、わずか二十キロほどの道のりだが、そこは『鉄の暴風』が吹き荒れている死の道であった。

おまけに疲労と空腹が加わり、その摩文仁ウォークの間にいったい何万人の兵士や沖縄の住民が死んだことだろう。『摩文仁ウォーク』、ホークが名付けたこの言葉を、改めてテルマは噛みしめてみた。

「自分は、沖縄を去るまえに、せめてこの土地から悪霊を払う祈りの儀式をしていきたいと、心からそう思っていると、ホークはそう言っています」

ロバートの声がまた耳に入ってきた。ホークが反応をさぐろうとするかのように、ぼくと比嘉の顔に交互に視線を回した。

三十二軍の終焉

六月の下旬ごろのことだった。収容者たちの間に、「ついに牛島司令官が自決したらしい」という噂が流れた。その日の午後に訪れたロバートに、ぼくたちはさっそくそのことについて訊いてみた。

「それは本当です。二十三日の朝はやくにマブニの洞窟の中で、コマンダー牛島とゼネラル長があいついでセップクをしたようです」

ロバートは深刻な顔をして言った。

「牛島と長がセップクをする三日前に、ジャパンの残った兵と若い学徒兵たちが最後の攻撃を決行しました。わずかの銃と多くは銃剣を振り回しての無謀な攻撃でした。当然のことながら、その殆どの兵が戦死してしまった。初めからその覚悟だったのです」

それを聞いた途端にテルマたちは、はやるような焦燥と同時にこれで沖縄の戦争は終わったという、大きな安堵《あんど》感で気の抜けるような想いに囚われた。

住民の中には顔をほころばせて喜んでいる者さえあり、泣いている人間は一人も見当たらなかった。

「ただ、」とロバートは言葉を継いだ。

「捕虜から聞いた話によるとゼネラルたちは、残された兵たちに降服しろとは言わなかったようです。反対に最後の一兵まで、遊撃戦でたたかい抜けと言い残していったらしいです」

ロバートは一旦言葉を置いた。だがすぐに、

「これはコマンダーとしては、かなり無責任な態度です。自分は指揮官としての任務を放棄してさっさとセップクし、部下たちには最後まで戦えというのは、司令官として卑怯ではありませんか」

と底に義憤をにじませた声で言った。

「それじゃ、どうすれば良かったんですか」

比嘉が問い質すかのように、戸惑いと無念さの入り混じった声で言った。

「ゼネラルとコマンダーが任務を放棄して死んだら、たたかいはそこで終わりにすべきです。でなければ自分も最後までたたかい続けるか、あるいは部下たちを投降させてから自決するべきです。いずれ沖縄での組織的なたたかいはこれで終わりになることでしょう。ですが、残った兵たちはゼネラルの遺言により、まだしばらくは散発的な遊撃戦を続ける

ことになるでしょう」

ぼくたちは誰もそれ以上言葉が出なかった。牛島司令官は無口で沈着冷静な薩摩隼人《さつまはやと》、長参謀長は勇猛果敢な豪傑として知られていた人たちだった。

二人の守備軍（三十二軍）司令官が自決を遂げたと聞いた時にテルマたちは、義憤というよりは何か肩透かしを食ったような、開放感と同時にある種の情けなさといった気分を味わった。

ロバートの情報はそのことだけにとどまらなかった。

「実はこれはゼネラルの自決より一週間も前に入っていた情報なんですが、はっきりしたことが分かるまではと思ってテルマには知らせなかったことなんですが」

ロバートは一時口ごもる様子を見せたが、やがてさらに悪い情報を伝えなければならない悲運を嘆くように、重い口を開いた。

「小禄《おろく》の情報が入りました」

ロバートがそう言った途端にテルマには、すでに答が分かったような気がしていた。

「一週間ほど前に、小禄の日本軍は全滅したようです」

全滅という言葉だけが、機銃の弾丸のようにテルマの胸を突き抜いた。

「ぜ、全滅と言ったって、何名かは、せ、生存者だって、い、居るはずでしょう」

言葉は意識せずして疼《うず》きをともなった。

「多分……だが生存者は、ほんのわずかなようです」

　ロバートはいっそう沈鬱な表情になっていた。

　テルマのスー（父）の徹衛は、五十も半ばにさしかかっていたが防衛隊として召集され、小禄の飛行場を守るために海軍陸戦隊の下に配属されていたのだった。

　その後に続くロバートの言葉は、むなしくテルマの耳の中を通り過ぎていった。

「六月の始めごろ、シェファード少将が指揮する第六海兵師団が南下するとき、小禄の日本軍に進軍をはばまれたようです」

　小禄で太田少将が率いる四個大隊が、上陸したアメリカ軍を迎え撃ち果敢なたたかいを展開したが、結局全滅したというのがロバートの話の全容だった。

　小禄には約九千名の海軍部隊が駐留していたが、それは陸上での戦闘を専門とする部隊ではなく、大半が特攻攻撃を支えるための基地航空隊、設営隊など後方勤務専門の部隊であった。テルマの父は防衛召集によって、その設営隊の要員として駆り出されていたのだ。だが部隊の中には数百名ていどの実戦部隊も居たため、大田司令官はこれらに後方勤務要員や女子までを含めて部隊を四つの隊に編成してアメリカ軍を迎え撃ったらしい。

「オオタはすぐれた指揮官だったようです」

　ロバートによると小禄の日本軍は、起伏の多い地形や険しい岩層をたくみに利用しながら計画的な遊撃戦を展開して果敢にたたかい、シェファード少将率いるアメリカ軍を相当悩ませたようであった。だがそれも最後には物量にものをいわせた大量の砲撃によって粉砕されてしまったらしい。

ロバートの話はアメリカの軍筋からの正規の報告に基づいたものであるため、いっそう具体的だった。

「では本当に全滅したんですね」

「残念ながら……ほとんどは……そのようです」

悲壮な顔をして言った。

父の生死についてさらに念押しをしてみようか、どうしようかと逡巡していると、

「六月の初めごろ、守備軍の司令部は小禄で闘っている海軍の司令官に、南部へ撤退するようにとの命令を出したようです」

とロバートは、すでに結果が分かっていることを、いくらかでも矯正しようとするかのように言葉を継ぎ足した。

「でも、その時はもう遅かったのです。小禄の海軍はその時にはもうアメリカの第一海兵師団と第四海兵師団、そして第六海兵師団によって包囲されていました。アリの這い出る隙間もなかったのです。しかし日本軍は、それでも投降する様子をみせず、最後の一兵までたたかう意思を示したのです」

ロバートはテルマの父親の最後を、小禄の海軍の運命に重ねることで説明しようとして

いるようだった。

「ゼネラル大田は非凡な指揮官だったようです。圧倒的に劣勢であるにもかかわらず、小禄の起伏の多い地形を利用して巧みな防御戦を展開し、圧倒的な機動力を持つアメリカ軍を、十日間も立ち往生させました。そしてついに力尽き、これが最後であるという電報を軍の司令部に打電した後、六月十三日の夜、地下の士官室で拳銃による自決を遂げたのです。……小禄の守備軍は、みな勇敢だったと聞いています」

それ以上のことは言いたくないというように、ロバートは口をつぐんだ。

小禄の海軍は、牛島司令官たちが自決するより二日前に全滅していたのだ。

ロバートが去った後テルマは、収容所の隅っこで父の事を想って独り静かに泣いた。

比嘉が傍に来て、父の死を悲しんでいるテルマの肩に手を置きながら、ぼそっとつぶやいた。

「おれの親父も、いまだに生死が分からないんだ」

☆

「摩文仁から新しい収容者が来るぞ。沖縄一中の勤皇隊員も何人かいるらしい」

比嘉が不自由な足を引きずるようにしながら駆けて来て、そう告げたのは六月の末のことだった。

「本当か、どこからの情報だ」

「座波さんからの情報だから間違いないだろう」

比嘉はかなり興奮していた。

このころ沖縄の収容所では、収容者の間にあるていどの自治が形作られていた。座波さんはその代表格の人で、アメリカ軍当局からの情報を、いち早く伝えられる立場にあった。たしかに座波さんの情報なら間違いないだろうとテルマも思った。

もしかしたら呉島に逢えるかもしれない。比嘉に劣らずテルマも期待に胸がふくらんだ。

摩文仁からの収容者が到着したのは、翌日の昼ごろだった。テルマと比嘉は、他の大勢の人たちに交じって次々に到着するトラックから降りてくる人を見守った。すると何台目かのトラックのめくりあげた幌の下に、見知った顔が覗いていた。

「伊計！」

テルマより先に、比嘉が声を発していた。

「垣花！」

続いてテルマも叫んだ。トラックには他にも数人の一中鉄血勤皇隊の仲間たちが居た。テルマたちはお互いに生きていたことと再会を喜び、互いに抱き合った。まるで数十年ぶりに再会したかのような気持ちだった。伊計は左肩に受けた傷が、処置が悪かったために化膿して大変だったが、アメリカ軍に治療してもらって助かったと言って、襟元からのぞく白い包帯を見せた。

テルマの左肩の傷は、手当てが早かったために、すでに治癒に向かっていた。

「呉島《くれしま》はどうした」

テルマは真っ先に気になっていたことを、垣花に訊いた。一瞬、垣花の顔が曇った。

「そうか、おまえはまだ、知らなかったんだな」

ため息を吐くように垣花が言った。

テルマは無言で垣花の顔を見詰めた。垣花は少し間を置いて後に、ぽつりぽつりと重い口を開いた。

「あいつはおれたちとは違う壕《ごう》にいたんだ。その壕の兵たちは降服に応じなかったらしい。そのために、おそらく最後は、馬乗りでやられたかもしれない……」

それ以上の説明は聞きたくなかった。馬乗り攻撃というのは、いくら投降を呼びかけても壕の中に閉じこもって出てこない日本兵に、業を煮やしたアメリカ軍が壕の上から機銃掃射をしたり手投げ弾を放り込んだりする、根絶やし攻撃のことだ。射角の狭い壕の中では馬乗り攻撃をされるとひとたまりもなかった。アメリカ軍は念入りにその後にさらに砲弾を撃ち込んだり、火炎放射を浴びせたりして日本兵を黒焦げにした。

その時テルマは牛島司令官が自決を遂げるより三日前に、残存の兵士と学徒隊の大部分が捨て身の総攻撃を決行して、そのほとんどが玉砕したというロバートからの情報を思い出した。そして呉島はおそらくその中に居たのだろうとも。

呉島は柔軟な考えの持ち主だったから、場合によっては降服をしたかもしれない。だがおそらく周囲の日本兵がそれを許さなかったのだ。

「あいつは負けず嫌いの向こうっ気の強いやつだったが、根はやさしくて頭のいいやつだった。おれがこうして生きているのも、あいつのおかげかもしれない」

垣花が言った。テルマはこの戦争で、初めて他人の死に涙を流した。

その日垣花と伊計は夜のふけるのも忘れてここに至るまでの経緯を語った。二人の話を総合すると一中鉄血勤皇隊は、第五砲兵隊と共にどうにかこうにか摩文仁の壕にたどり着いたらしい。そこに至るまでも大変な道のりで、砲爆撃の一斉攻撃の中を二人は途中から負傷した安里という級友を両脇から抱えて歩かなければならなかったらしい。

「鼓膜を引きちぎるようなさく裂音と目もあけておれないような硝煙の中で、安里のやつが言ったんだ。手りゅう弾をよこせってな……」

言葉の途切れた垣花の後を伊計が引き継いだ。

「あいつは、おれをここに置いて行ってくれって、きかなかったんだ」

「あの場合どうしようもなかった。あのままでは三人が死ななければならなかった。他のやつらはとっくに皆、避難のためどこかに散ってしまっていたんだ」

二人は胸をかきむしられるような思いで安里をその場に残して、近くのアダンの林に飛び込んだらしい。

「アダンの林の中には、木という木の根っこに大勢の兵隊や住民がしがみついていたんだ。死体もごろごろと転がっていて、どこが安全な場所かは誰にも分からなかった」

「おれは今でもこの手の中に、安里に渡した手りゅう弾の重みが残っているよ」

垣花が開いた右手を目の前にかざしながら、胃痛にでも耐えているような表情で言った。

「それから摩文仁の壕へたどり着いたんだが、第五砲兵隊には大砲の備えはもうなかったんだ。すでに持ち出してしまって機関砲も野砲もない」

押し寄せてくるアメリカ軍の戦車に向かって、射角の狭い穴倉から迫撃砲と擲弾筒《てきだんとう》による攻撃をしかけるしかなかった。

「ところが敵さんの戦車は、わが軍のものと違って鉄をけちらないで頑丈に造られているから、ちゃんと中の人間を守るように出来ている。こっちの擲弾筒や迫撃砲の弾なんか、はじかれてしまって、てんで効き目がないときているんだ」

「もう擲弾筒の弾運びをしていて情けなくなっちまったさあ。周りでは味方が将棋倒しのようにばたばた倒れていくしなあ」

「摩文仁は、本当にこの世の地獄だった。すぐ脇で子どもと共に吹き飛ばされる母親を見た。おれは自分は幽界をさまよっているのかも知れないと、あの時は本当に思ったよ」

伊計がどうにも表現し尽くせない恐怖の感情を、灰色の目の中でいまだに消しかねているように言った。

伊計と垣花はそれからも摩文仁の最後の状況を奔流のように語った。

自分が投降してから間もなく、摩文仁では沖縄戦で最後の死闘が繰り広げられたらしい。と言っても武器も弾薬も、指揮官さえも失った日本兵たちに残された道は、壕の中で右往左往しているしかなかった。壕に潜ったまま出てこようとしない日本兵に業を煮やしたアメリカ軍は、飛行機で空からガソリンタンクを落下させて破壊させ、その上から焼夷弾を撒いて辺り一帯を火の海にしたという。そしてアリの群れのように逃げ惑う人たちに、情け容赦のない低空飛行からの機銃掃射を浴びせかけた。

そこには兵も住民の区別もなく、たまりかねた多くの人たちが背後の摩文仁の丘の断崖から海に身を投じて亡くなったという。

伊計たちの話は続いていた。

「自暴自棄になった兵たちが銃剣や手りゅう弾を抱えて、突撃していくのを何回も目にした。壕から出た途端にみなばたばたと倒れてしまった」

「ひめゆり学徒隊や若い看護婦たちは、伊原の壕の中で最後を遂げたと聞いた。みんな生きたい生きたいと思いながら死んで行ったんだ」

伊計と垣花の声は、しまいには涙声になっていた。

最後まで隊と行動を共にした者たちは大変な思いをしたらしい。本来なら自分もそこに居なければならなかったんだ。そう思うとテルマは、何だかとても居たたまれないような罪悪感に囚われた。

自分は早いうちに隊とはぐれて、むしろ運がよかったのだ。杉村少尉と共に摩文仁に着いたのはちょうどアメリカ軍が攻撃を一時中断し、投降を呼びかけようとしている直前だった。そして一番外れの壕に避難してから間もなく、その場の状況とその後の展開をいち早く把握した杉村少尉によって命を助けられたのだ。もし少尉との出会いというものがなかったなら、自分は今こうして生きては居なかっただろう。これも戦場における紙一重の運というものなのかも知れない。

「十九日ごろに三十二軍の司令部から、鉄血勤皇隊は本日をもって解散するから、後は好きなようにしろと言われたんだ。だが敵に囲まれて、砲弾が荒れ狂っている戦場の真っただ中での解散だぜ。好きにしろと言われたって、どうしようもなかったさあ」

「ある者は海回りで逃げようと、夜陰に乗じて海岸に脱出していった」

「夜はかえって危険だ。発見されると敵はもちろん味方からも、やみくもに機銃で撃たれるからな」

「おれたちは真っ昼間、白旗をかかげて海岸を歩いていたんだ」

伊計と垣花はよほど恐ろしい思いをしてきたらしく、その時の状況を交互に堰を切ったように話した。二人ともアメリカ軍から支給された真新しい、だぶだぶの軍服を着ていたが、栄養失調から頬がこけ、まるで老人のように眼だけがらんらんと輝いていた。

「鉄血勤皇隊では、いったい何人が死んだんだろう」

テルマがそう言うと、

「百人以上は死んだだろう。卒業して勤皇隊員になったのが全部で百五十人以上居たわけだから、そのうちの七割ぐらいが……」

旧友の死を確認しようとして垣花が、深刻な顔をして指を折りはじめた。だが、言葉は終いまでは続かなかった。

呉島の戦死は思った以上にテルマの気持ちの負担になっていた。その後しばらくの間テルマは、折に触れて呉島のことを思い出して、密かに涙を流した。

☆

シチグヮチ（お盆）が近いある日のことだった。テルマたちは収容所の中でエイサー（盆踊り）をするための準備として、友だち数人で照屋さんから三線作りの手ほどきを受けていた。照屋さんはアメリカ軍から配給される大型の缶詰の空き缶を三線のチーガー（胴）に代用し、それにどこから見つけてきたのか丈夫な木を削ってソー（棹）を作り、落下傘の紐をチル（弦）にしてたくさんの三線を作っていた。

照屋さんは何人かの仲間を集め、収容所の片隅で朝から晩まで悲しげな声を張り上げて、即席の歌を歌っている人だ。そのため照屋さんの周りには常に子どもたちが群れており、テルマもその中の一人になって三線作りに精を出していたのだ。

　そこへロバートがやって来たので友達の一人が、自分が腰かけていた椅子を明け渡した。ロバートはいっとき逡巡する気配があったがすぐに、

「テルマ、悲しい知らせがある」と言った。

　それから言葉を探すように、いっときの間を置いた。これまで気の遠くなるほどたくさんの悲しいことを経験してきて、少々のことには驚かなくなっているテルマも、アメリカの将兵に改まってそう告げられるとつい身構える気持ちになった。

「アメリカはこのほど、日本本土のヒロシマという町に、新しい爆弾を投下しました」

　ロバートはつらそうにそう言った。だがテルマたちは特に驚かなかった。これまで『鉄の暴風』と言われるほどの無数の砲弾の嵐の中を生き抜いてきたのだ。そんなテルマたちにとって、いまさら爆弾を投下したなどと言われても、何の衝撃も起こりようがなかった。それにすでに本土も爆撃や砲撃に見舞われているという情報は、もう何か月も前から皆が知っていることだった。

「それが、ただの爆弾じゃないんだ。アトミック・ボムという新型の爆弾で、一発で沖縄の半分が吹っ飛んでしまうような、途方もない爆弾なんだ」

　ロバートはテルマたちが、本当に理解しているのかどうかを確かめるようにいったん言

葉を切った。

　それからまたロバートは言葉を続けた。

「その新型爆弾は兵隊ばかりじゃない、女も子どもも年寄りも、何もかも一瞬で消し飛んでしまうような、これまで誰も見たことも無いモンスターみたいなしろものなんだ。現にその一発でヒロシマという町が、あっという間にがれきの焼野原となり、一瞬で二十万人ほどの人間が焼け死んでしまったらしい」

　ロバートはまるで自分が犯罪を犯した重罪人でもあるかのように前かがみになって、頭を抱えながら語った。さすがのテルマたちも、一発で町が消え、二十万もの人が亡くなったという話には、驚かざるを得なかった。

「ぼくはいくら戦争でも、そんな爆弾の投下を許可したトルーマンは、人類史上、許されざる犯罪を犯したんじゃないかと思っています。でも沖縄にいるアメリカ兵たちは、みなトルーマンの決断を手をたたいて歓迎しているんですよ……」

　そう言うとロバートは、目頭を押さえるようにして両手で顔を覆った。

「だだ大本営は、何だって、さっさと降伏しないんだろう。そ、そんなとてつもない爆弾を、もし東京に落とされたら、皇居だって吹っ飛んじまうんじゃないか」

　ヤスオというテルマより三つ年下の男の子が、仲間の顔を見まわしながら叫ぶように言った。誰もが何かかけがいのないものが、いや日本という国そのものが、根こそぎ崩壊してしまうかもしれないという絶望的な予感にとらわれて、重苦しい気持ちになった。

「でも、日本も悪いんだよっ！」

ロバートがふいに声高に言って、顔を上げた。

「日本軍は明らかに負けているのに、どんなに追い詰められても絶対に降伏をしようとしない。日本兵は降伏よりは死んだ方がいいという考え方で、爆弾を抱き銃剣を振り回しながら、最後の一兵まで斬り込んでくる。まったく無益な、悪あがきだとしか言いようのない闘いを最後までやめようとしない。そのためこの沖縄でアメリカ軍は、今回の戦争で最大の戦死者を出しただろう。こんなカルト的な自爆攻撃を繰り返してくる日本兵を、アメリカ兵はみな恐れているんだ。これが日本本土での決戦ということになったら、どれほど凄まじい闘いになることかとアメリカが懸念したとしても、べつに不思議じゃない。現に日本本土では国民すべてが死ぬまで戦うという、イチオクギョクサイというスローガンが本気で叫ばれていると聞いている。この狂気に満ちた日本とこれ以上の泥沼のたたかいになることを、アメリカ兵はみな恐れているんだ。それがメガ・ボムを正当化する理由にもなっている。日本の戦争指導者たちが、もう少しだけ理知的であったなら、これほどの犠牲を出さずに済んだのにと、つくづく悲しく思うよ……」

ロバートは自分のルーツである日本という国に哀惜を覚えると同時に、その指導者たちに対しては懐疑と憎悪さえ感じている様子で、しまいには呻吟《しんぎん》するように言葉を振わせた。

☆

それから一週間余りたった日の事だった。収容所の頭上付近で砲弾のさく裂するような音が立て続けに鳴り響いた。テルマたちはすわ敵襲という観念に取り付かれて、あわててテントから飛び出した。しかし冷静に考えてみれば、敵国の収容所に居て敵襲ということになれば、味方が攻めてきたということになる。

だが司令部も壊滅した今の沖縄の守備軍に、そんな力が残っているはずはなかった。さく裂音は花火だった。頭上を見上げると花火は、アメリカ軍のキャンプから兼久《かねく》の海岸付近に向かって盛んに打ち上げられている。ほどなくあちこちのテントから「なんだ」「なんだ」と言って大勢の住民たちが出てきた。ちょうどそこへ数人のアメリカ兵が駆け寄ってきて、小脇にかかえてきたチラシを皆に配って歩いた。中にロバートの姿も見えた。

「テルマ、戦争は終わりました。ついに日本が無条件降伏をしました」

チラシを読むよりも早くロバートが告げた。アメリカ兵たちは喜びを隠しきれないように、みな笑顔を浮かべている。

「ムジョウケンコウフク」ということの意味が、テルマにはよく分からなかった。だがとにかく戦争は終わったんだと思った。日本が戦争に負けたと聞いてもテルマは少しも悲しくもなく、またがっかりもしなかった。

沖縄の人たちは総じて、むしろほっとした表情を浮かべていた筈だ。この春ごろからおよそ四か月というもの、沖縄の人間たちは文字通り身の置き場所を見つけられないほどの砲弾の嵐に晒されながら、戦火の中を逃げまどってきたのだ。勝ち負けなどはすでにどうでもよく、一日も早くこの悪夢が終わってほしいと、ひたすらそれのみを願っていたのだ。

本土の人間はどうだか知らないが、沖縄の人たちで戦争をしたかった人間は、一人も居なかったであろう。テルマの場合は、すでに杉村少尉やロバートの話に感化されて、こんな愚劣な戦争を引き起こした日本という国について大いに懐疑的になっていたので、ついに来るべき時が来たか、という程度の感情しか湧かなかった。

逆にこれまで軍人や教育者から「日本は神の国であるから絶対に負けない」などという馬鹿げたことをさんざん吹き込まれて、本気でそれを信じてきた自分にたいして、腹の中ににじくじとした、しらけたような気分さえ有った。

それと同時に沖縄を取り囲む無数の戦艦によって、島が変形するほどの砲弾が撃ち込まれ、生活の全てを破壊し、何万人もの住民の命を奪った戦争というものについて、日が経つにつれて冷静に振り返るようになった。その狂気と無謀と凄惨さと、こんなことを惹き起こす人間たちの底知れない愚かさとに対して、半ば絶望的とさえ言っていい、深く静かな憤りを覚えるようになっていった。

「間もなく日本の戦争指導者たちは、自分たちが引き起こした事について、責任を問われることになるでしょう」

ロバートのそんな言葉に、密かに胸を躍らせるような気分さえ覚えるようになっていた。

☆

その晩テルマは夢を見た。

「テルマ君。きみ昨晩はひどくうなされていたようだが、死ぬ夢でもみたのかい」

隣で寝ていた伊計が、心配そうな顔をして言った。

「いいや死ぬ夢ではない」

言った声がかすれていることに自分で驚いていた。

テルマは夢のあと目をつむったまま横になっていた。いったんは目覚めていたのだ。そして夢の正体を探ろうとそのままの姿勢でしばらく今しがた見た夢を反すうしようとしていたのだった。だから夢の中身はよく覚えている。

それは自分が死ぬ夢ではなかった。それどころか逆に自分が死ななかったことに対する恐怖に、テルマはおののいていたのだ。だが生き残ったことがなぜあれほど、体中から悪寒が湧き上がってくるほど恐ろしかったのかはよく分からなかった。そこでこの三か月間のことをいろいろ反すうしていたのだ。

自分がついこの間まで何の迷いもなく信じていたことが、本当はまともな思想ではなかったということは、すでにテルマの中で決着がついていた。呉島や杉村少尉やロバートとの交流が、いっときの間に驚くほどテルマの認識を高め、この戦争について考えるための心の成長を養っていた。

この底知れないほど愚かな戦争は、テルマたちの沖縄をぼろぼろにしてしまった。家も街も、森も畑もナパーム弾で焼き尽くされ、陸地の形が変わるほど大量の爆弾を打ち込まれた。その結果、大勢の人々の命が奪われた。またテルマは始めのうちこそ仲間の死に驚いたり悲しんだりしていたが、そのうち人の死というものに、正確に言うなら人が惨殺されるということに、あまり動じなくなってしまっていた。

仲間は次々と倒れていき、死体はそこいら中に散乱といっていいほど無数に転がっていた。兵隊だけではなく女の人や赤ん坊や年寄りもたくさん死んでいた。

そのような惨状にいちいち動揺していたら、しまいには自分の神経が持たなくなってしまうだろう。

人間というものは、そんな情況の中では自分の身を守ることだけで精いっぱいになるため、自動的に無感動になるものらしい。

戦争というのは国と国が総力をあげてすさまじい殺し合いを展開することだ。戦争という特殊な状況の中では、人間はまともな感情を維持できなくなる。

この間、テルマの感情も相当に麻痺していたことは間違いのない事だった。人間が人間としての感覚を失ってしまう。本当はそれこそが、戦争のもっとも恐ろしい面なのかもしれない。人間が人間でなくなるということは、町も社会も国も荒れ果てるという事だ。

この収容所に来て戦闘のない毎日が過ぎていくにつれて、感情が少しずつ元に戻ってきつつあった。そしてそれは、あの地獄を潜り抜けて自分だけが生き残ったという、ある種の罪悪感を伴うものらしかった。その証拠にテルマの夢には、しょっちゅう呉島や姉や父や兄、その他亡くなった沖縄一中の友達たちが出てきた。

もしかしたらこの戦争の経験は、これから先一生テルマを苦しめるものになっていくのではないだろうか。戦争は何かそうした消しようのない澱《おり》のようなものを、テルマの身体の中に深く沈殿させたに違いない。

この数か月でテルマは、自分が十年以上も年を取ったような気がしていた。

「なあ伊計君。きみは生き残ったことを、本当に手放しで喜んでいるかい」

テルマの言葉に、伊計はいっときさまようように目を宙に泳がせた。それから今にも泣き出しそうな表情になって言った。

「おれの家族はどうやら全員亡くなったらしい。おれ独りだけ生き残ってしまって、これから先、いったい何を頼りに生きていけばいいのか、途方にくれるばかりだよ。生き残ったことを喜ぶなんて、とてもじゃないが……そんな心境にはないよ……」

伊計の言葉はしまいまで続かなかった。

☆

そんなある日のことだった。照屋さんのグループが死んだ鶏の毛をむしっているところへホークがやってきた。通りかかったというよりは照屋さんたちが鶏の毛をむしっているのを目ざとく見つけて、何か目的があって近寄ってきたようだった。

ホークは照屋さんがむしった毛を散らばらないように溜めている口の広いざるの中を、立ったまましばらくじっと見つめていた。やがてホークはざるを指差しながら照屋さんに何事かを尋ねているようだった。

「オーケー、オーケー。プリーズ、プリーズ」

分かったのか分からないのか、照屋さんは片手を大きく振りながら、大声で同じことを二度ずつ叫んでいる。照屋さんは英語がまったく話せないにもかかわらず万事この調子で、かなり複雑なことでも、ちゃんと意思を通じ合うことができているらしかった。

するとホークがしゃがんでざるの中から熱心に毛を選び出した。ホークが選んでいるのは、大きくて比較的立派な風切り羽根のようであった。やがて片手に余るほどの羽根の束を持つとホークは立ち上がって、照屋さんに「ども、サンキウ」となまりの感じられる英語で礼を言ってから帰って行った。

「照屋さん。ホークは何をしていたんですか」

そばに行ってテルマが尋ねた。

「鶏の羽根を欲しいというから、好きなだけ持って行け、なんなら全部もっていってくれると助かるんだがなと言ってやったんだ」

「ホークはいったい羽根を、何に使うんでしょうね」

「何でも彼らの占いに必要だというような意味のことを、言っていたな」

通訳がいないにもかかわらずホークと照屋さんは、ちゃんと意思が通じ合っていたらしかった。

その後もホークはよく照屋さんのところに来ては照屋さんがかなでる三線の音や歌にじっと耳を傾けていた。かと思うとかすかに頭を揺らしながら、三線のリズムに酔っているように見えるときもあった。

ロバートが言うように、照屋さんの歌とナバホの音楽とは、どこか通じ合うところがあるのだろう。それはもの悲しさとか、どこか緩やかさを感じさせるリズムのようなところなのかもしれない。

ホークはまた照屋さんと一緒に何かの作業をしていることがあった。空の薬きょうをたくさん集めて、パラシュートのひもに通しているのだった。言葉はまったく通じないにもかかわらず分かり合っているようで、照屋さんをみていると意思を通じ合うということは言葉や知識よりもむしろ勘とか相性、或いは臆することのない肝っ玉のようなものかも知れないとつくづく思わせられた。

ロバートがテルマや垣花、比嘉、伊計などを前にして、

「戦争が終わったので自分たちは間もなくアメリカに帰ることになるだろう。別れる前にぜひ君たちに謝っておきたいことがある」

と口を開いたのは、そんな照屋さんとホークの奇妙な作業を眺めながらのことだった。

「この戦争が始まる前の首里は、とても美しい街だったと聞いている。アメリカ軍は本当はあの街は破壊したくなかったんだが、日本軍の司令部があそこに陣取っているために、やむを得なかったのだ。でも君たちの大切な伝統のあるものをすっかり破壊してしまって、いまは本当に心から済まない気持ちでいっぱいなんだ」

ロバートは沖縄の文化を破壊したことが、あたかも自分の責任であるかのように済まなそうな表情を浮かべながら、わずかに暮れはじめた夕方の空を見上げて語った。そのときテルマの脳裏に、ふいに蘇ってきた情景があった。これまで無意識のうちに胸の奥に置き去りにいていたものだった。

それは失われてしまった、首里という美しい街の風景だった。

☆

首里は人口二万ちょっとの小さい街だが、沖縄の歴史と文化をひと所に集めたような街だった。そこには沖縄が、はるかな昔の祖先から受けついで来た様々な英知や美にたいする感性、ウチナンチュの歴史のエネルギーの全てが注ぎ込まれていた。なだらかに起伏する緑の丘の上に、城壁に囲まれた美しい王城があった。さらに上がっていくとはるかに陽光を照り返して光る東シナ海を一望することができるのだった。城に向かって坂道を上りつめたところには、名高い守礼の門があって、そこに至る手前を右に進むと園比屋武御嶽《そのひやんうたき》と呼ばれる石の門と鬱蒼《うっそう》と茂る森に囲まれた拝殿があった。そして守礼の門の手前を左に折れると、城の正門である歓会門に突き当たる。門の左右には見事な石彫りの獅子が祭られてあり、前は広場になっていた。広場には何本もの桜の木があって、春になると訪れる多くの人々の気持ちをなごませた。

だが普段の日はここまで訪れる人はそれほど多くはなく、ひっそりと静かな佇まいであった。そのためテルマたち学生にとっては、悩み多き青春の情熱を散じる、かけがえのない安らいの場所ともなっていた。

それはただの自然の美しさでもなく、まただの人工的な細工でもない。かつてそこには人の英知によって作られたさまざまな創造物と自然とが、見事なまでに釣り合った、比類のない美しい街が確かに存在していたのだ。

テルマたちの学校はその首里城を上に抱く丘のふもとにあった。学校の周囲には数々の文化遺産がその深い意匠を隠して、さり気なく点在していた。学舎はその内と外とを問わず、一帯が多感な生徒たちの青春の熱情をやさしく包み込んでくれる、壮大な自然博物館のおもむきがあったのだ。

校歌を歌いながら、或いははやりの歌を口ずさみながら、幾度あの辺りを逍遥《しょうよう》したことだったろう。あの緑の綾垣の下で、はしゃいだり殴り合った者さえ居た。

テルマたちにとっての首里は、そのまま青春の耀きだったのだ。何で今までそのことに思いが至らなかったのだろうか。テルマたち学生ばかりではない。沖縄の多くの人にとって首里はかけがえのない場所であった。

そうしたものの一切が、爆撃で跡形もないほどめちゃめちゃに破壊されてしまい、地形さえ定かでないほど変わってしまっていた。いまではその面影を捜すのさえ容易ではない。もはや自分の青春は、あの美しい首里の街と共に、とうに消えて無くなっているのかもしれない。ロバートの言葉は、ふとテルマをそんな感傷に落とし入れた。

再会

終戦が決まってから間もなくのある日のことだった。その日テルマは小禄から来るバスを待ちわびて、朝から落ち着かない気持ちを持て余していた。

そのころアメリカ軍は沖縄のあちこちにあった収容所を統廃合して、牧港《まちなと》、楚辺《そべ》、奥武山《おうのやま》、小禄、普天間、嘉手納の六か所に集約しようとしていた。

収容所では、すでにある程度の自治が出来上がっていて学校なども始められており、自分の土地に帰って行く人も現れはじめていた。だが多くの人は、家も畑も家畜も何もかも破壊されつくした荒土に帰っても、すぐには生活が成り立たないので、当分はアメリカ軍の配給に頼らざるを得ないというのが実情だった。

中には自らたくましく交易を起こして、船で台湾や上海あたりまで出かけて行く人などもいた。この時の沖縄には必要のないものなど無かったが、こちらから持ち出す交易の品は、もっぱら沖縄に山のようにある銃器や砲弾の空薬きょうや、戦車やトラックの残骸をバラした鉄くずしかなかった。

　戦後の沖縄は生まれたての赤子のように、アメリカ軍に頼らなければ、立ち上がれないほど破壊され尽していたし、また支配されてもいたのだった。

☆

その日小禄から来るバスには、弟の邦人《くにひと》が乗っているはずであった。そのころになると各収容所の自治会では、親族や人捜しに役立てるため掲示板のほかに収容者の名簿を作成して、収容所どうしで交換したりしていた。だが人数が多い上に次々と新しい人の出入りがあったり移動があったりで、すぐには尋ね人に行き合えないケースも多かった。

　テルマも毎日、目を皿のようにしてその名簿を見て家族の名前を捜していたが誰ひとり見当たらず、次第に力を落としていった。

　邦人から基地を通じての手紙が届いたのはそんなある日のことだった。内容は「名簿で兄ちゃんの名前を見た。自分は無事で小禄に居る。こんどの水曜に収容所から出るバスで嘉手納へ行く」という簡単なものだった。

　名簿で邦人の名前を捜しかね、おおいに落胆していた矢先のことだっただけに、テルマの心は天にも登るほど浮き立った。その日テルマは照屋さんの三線に合わせて、初めてカチャーシーを踊った。そして今日がその水曜日だったのだ。

昼少し前に収容所のゲートのところから、日に焼けて変色し、何色だか分からなくなった軍用バスが十数台、土ぼこりをあげながら入って来た。

間もなくバスはゲートから少し入った広い駐車場に一列に整列し、中から一斉に人々が降りてきた。

テルマは一番前のバスから順に降りた人の顔を点検していった。だがたちまち人波にのまれてしまい、一度見た人もそうでない人も分からなくなってしまった。目を八方に配りながらうろうろしていると、突然背後から、

「兄ちゃん」

と忘れもしない弟の声が響いた。

「邦人！」

「兄ちゃん！」

「おまえ、無事だったのか。どこにも傷を負わなかったか」

テルマは無意識のうちに弟の身体を点検していた。

「大丈夫だ。兄ちゃんこそよく生きていたな」

それ以上のことを語り合う必要などなかった。

何しろ敵の物といわず味方の物といわず、『鉄の暴風』と呼ばれるほどの砲弾が、島中を吹き荒れたのだ。

その中で兵隊の命も沖縄の住民の命も、ただの消耗品としか扱わない日本軍と行動を共にして来たのだ。辛酸を味わっていない方がおかしい。

二人はしばらく涙で顔をくしゃくしゃにしながら黙って見つめ合った。抱き合うことこそ無かったが、これほど弟をいとおしいと思ったことはなかった。

その日からテルマは弟と一緒に嘉手納の収容所で暮らすことになり、二人で家族を捜すことにした。

家族の消息は意外に早く分かった。母たちの消息をもたらしたのはロバートだった。

「オウノヤマの収容者に、テルマと同じチョウドウという人が数人います。この人たちは、もしかしたらテルマの家族ではないですか」

ロバートは軍の方で作成したらしい名簿から自分が書き写した紙片を伸べてくれた。はやる心を押さえながら紙片に目をやると、間もなくインクの青い色が目に染み込むように射しこんできた。同時にあふれるような喜びの感覚が身の内から湧き上がってきた。

「邦人！」

震えそうになる手で紙片を邦人に渡した。弟の顔に見る間に涙が筋をつくった。

ロバートが渡した紙片には、アンマー（母）の多江の名と共に、ウスメー（祖父）とハーメー（祖母）、さらに妹の真咲子の名があった。

テルマの気持ちを察したロバートは、その日のうちにジープを手配し、自分で運転して奥武山の収容所まで連れて行ってくれた。

アンマーとは五か月ぶりの再会だった。最初に目にしたときのアンマーは、信じられないものを見るようにぽかんとした表情でテルマと邦人の顔を凝視した。それから驚きと喜びからたちまち顔を歪ませ、下まぶたにみるみるうちに涙をあふれさせた。母は思ったより元気そうだった。ただ白髪がかなり増えており、頬がこけて身体が一回り小さくなったかと思えるほど、痩せてやつれて見えた。

「これでも、収容所で暮らしているうちに少し元気になったんさあ。ここに来たばかりのときは頬がもっと、こんな風にこけてねえ」

片手で自分の頬をつまんでみせながら気丈に言った。

妹の真砂子は久しぶりに会う兄たちの前で、嬉しさと恥じらいの入り混じったような様子をみせて、はにかんだ。幼いながらに相当の恐怖を味わってきた筈だが、まだ事の本当の深刻さはよく理解できていないようだった。ウスメーもハーメーも元気だった。テルマと邦人が生きていたことを二人は、涙を流して喜んだ。

「これで長堂家もまた再建できるなあ。それにしても邦人は目と鼻の先の小禄にいたのになぁ、なんで分からなかったかなぁ」

ということをウスメーは、しみじみとしたウチナンチュで語った。その晩テルマと邦人は奥武山の収容所でひと晩泊まっていくことにし、ロバートは一人で帰って行った。

その晩、ここまでの家族の顚末をアンマーが語ってくれた。

年寄り以外の男手をみな軍にとられてしまったアンマーたちは、日ごとに激しさを増して降り注いでくる砲弾や爆撃機の機銃の嵐に耐えられなくなり、家族四人で近くの長堂家の墓壕《はかごう》に避難して暮らしていたという。沖縄には門中《むんちゅう》と呼ばれる親族集団があり、その親族集団が共有する門中墓という巨大な石棺を有する墓がある。門中墓はその形状から亀甲墓とも呼ばれ壕に大きな亀の甲羅をかぶせたような作りで、中はかろうじて家族四人が暮らせるほどの広さがあった。

テルマの家族が門中墓に避難してから幾日も経たないうちにそこへ、普天間から父の妹が両親と二人の子どもを連れて避難してきた。

四人で暮らしていたところへ新たに五人が増えたわけで、母は口には出さなかったが、一時たいへん窮屈で不自由な暮らしをせざるを得なくなったらしい。

狭い墓壕はぎゅうぎゅう詰めになったが、どうにか協力し合って一緒に暮らしていたという。そこへ五月の末に与那原にアメリカ軍が上陸したという知らせが入った。

そうなると間もなくここも本格的な戦場になるだろう。今のうちに避難しなければいけないが、いったいどこへ避難したらいいのだろう。この狭い島で周囲はアメリカの軍艦に取り巻かれ、島中に『鉄の暴風』が吹き荒れている。皆で額を寄せあつめて相談した結果、やはり南へ行こうという結論になったのだった。

南へ下ろうと判断した訳は、沖縄守備軍の司令部は首里にあるし、軍の主力もほとんど首里に結集しており、そこが主戦場になっているのは間違いない。アメリカ軍の攻撃の鉾先も結局はそこが中心だろう。守備軍の司令部がやられれば沖縄の戦争は終わるだろうから、その間だけ南の島尻方面に避難していようと判断したためだった。四月の末ごろに守備軍が、周辺の住民にたいして南部への移住を命じたという情報も頭に残っていた。

西の嘉手納湾から反対側の東の与那原、湊川までの海を埋め尽くしている夥しい数のアメリカの艦船や、この間の島を揺るがせるほどの凄まじい艦砲射撃。昨年十月十日の航空機による爆撃によって、那覇の町が一昼夜にして灰燼に帰した模様を見て来た沖縄の住民にとって、守備軍の敗北は時間の問題と思われていたのだった。だが軍が、まさか多数の住民が避難している南の端っこまで退却して、そこを最後の主戦場にするとは、その時は誰も思わなかった。ましてやその守備軍を追いかけて、アメリカ軍が軍民を分かたない集中的な攻撃を仕掛けてくるなどとは、その時は思いもよらないことだった。

「そんなもんで南なら安心だと思って、皆で南へ逃げたさあ。爆撃の少ない雨の夜をねらってなあ。ところが伊原だったか米須だったか、あそこいら辺まで行くと道はもう逃げまどう人たちで都会の雑踏のような大混雑だった。考えることは皆同じでさあ。軍のいない南なら安全だと皆が思った訳さあ」

「ところがそこへ後を追うようにして守備軍が逃げ込んで来た訳さあ。とにかく砲弾を避けるために避難できる壕を捜して、歩き回ったこと歩き回ったこと。だがどこの壕もたちまち兵隊でいっぱいになってさあ、中に入れてくれと頼んでも何処も入れてくれないのさあ」

母の声はそこいら辺りから、ふいに恨みの籠った響きに変わった。

「わたしたちは外にいるから、せめて三人の子どもだけでも壕に入れてください。お願いします」

母と叔母が懸命に頼んだが、日本兵は聞く耳を持たなかった。

「あげくに戦争に勝てないのはお前らがいるせいだ、と怒鳴られる始末でさあ。あんまり腹がたったからしまいには、ここは沖縄で、わたしたちは先祖代々からここで暮らしてきたんだよ。平和な島だったのに、あんた方が来たせいでこんな戦争に巻き込まれたんじゃないですかと、食って掛かってやったさぁ。そうしたら一人の兵隊に銃の尻を思いっきり腹にぶち込まれたさあ。それから寄ってたかって散々蹴飛ばされて……」

アンマーは思い起こすだけでいまだに怒りが湧き起こるらしく、悔しそうに腹部をさすってみせながら語った。

一息ついてからさらに続けた。

「お前たちには早くから疎開命令を出していたはずだ。なんでこうなる前に本土に疎開しなかったんだ」

と怒鳴るから、めげずに、

「だって対馬丸がアメリカの潜水艦に撃沈されて、おおぜいの子どもが亡くなったじゃないですか。今じゃ誰も船になんか乗りたくはないですよ」

と怒鳴り返してやったという。そんなことが行く先々で繰り返されたため、これは日本軍には沖縄の住民を守るという考えなんか爪の垢ほどもないのだということが、身に染みて分かったのだった。

「まったく何のために、父ちゃんや兄ちゃんや姉ちゃんまで、この戦争に差し出しているんだか、さっぱり訳が分からないさあ」

避難できる壕はついに見つからず、荒野をさまよっているうちに、りゅう散弾の破片を浴びて、普天間の伯母さんと御爺さんが亡くなったという。

「大砲の弾がすぐ頭の上で破裂して、普天間のウスメーとアンマーは、二人の子どもをかばうためにその上に覆いかぶさってなあ。動かなくなってしまったから揺すると、もう冷たくなっていたさあ」

あの柔和で情け深かったアンマーが、人が変わったように目の端を吊り上げて身体を震わせながら、しかし涙さえ見せずにそう語った。普天間の親戚で生き残ったのは婆ちゃんと二人の孫だけだった。

その後もうどこにも逃げ場がないので、アンマーたちは開き直ったように近くの空き家になっている民家に入って、そこで数日を過ごしたという。

「母屋のほうは爆弾でやられとったが、アサギ（小屋）がまだ残っていたのでそこに潜り込んださあ。もちろん建物は大砲の標的になるからと言って、誰も入っては来なかったさあ」

アンマーの言葉は、否応なく家族たちの命を背負う事になった切迫感と、開き直った土性根が感じられた。

それから数日、アンマーたちが避難したその小屋は不思議に砲弾に見舞われることが無かったという。

「投降するようにとの拡声器の声が響いたときには、わたしは真っ先に白旗を振って外に飛び出したさあ。もう成るようになれという気持ちでさあ」

アンマーはきしむほどに痩せた肩をいまだに治まらない震えに委ねたまま、しかしいざとなった時の女の強さを垣間見せるように言った。

いまにして考えると、兵隊の壕に入れてもらえなかったのが、かえって幸いしたのかもしれなかった。兵隊と行動を共にした住民たちの多くが、頑なに降伏を拒む一徹な兵隊たちと最後を共にすることになったと、母は一瞬、暗闇を覗き込むような目をして語った。

「おまえたちの顔を見たときは、もううれしくてうれしくて、腰が抜けるようだったさあ」

アンマーは一挙に気が緩んだのか、このときになってみるみる涙をあふれさせ、しゃくり上げるように泣いた。

その時になって邦人が、母の気持ちを忖度して、テルマが口にしかねていたことを口にだした。

「スーと、上のアフィーはどうなったか、知らないか。それにアングヮーも」

すると、いっとき場に、水を打ったような沈黙が生じた。やがて母が、静かに言った。

「兄ちゃんは、この三月に戦死の通知がきたよ。ブーゲンビルで一年以上前に死んでいたらしい」

途端にテルマは、思考が消えたように言葉を失った。

「そ、そんな、信じられん」

横で邦人が涙声で言った。

兄の徹仁は、二年まえに鹿児島歩兵第四十五連隊に入隊している。

ホークの踊り

南方に送られた徹仁《てつひと》はガダルカナルで生き残り、さらにブーゲンビルに転戦していたらしかった。

「父ちゃんの生死はまだ分からない」

アンマーが消え入りそうな声で言った。

防衛召集で沖縄守備軍に引っ張られたテルマの父は、この奥武山から二キロと離れていない小禄に配属されて居たはずだった。小禄の海軍守備隊が玉砕してからすでに二か月になる。生きていれば何らかの消息があるはずだとテルマは思った。

テルマたちは相談の結果、故郷の長堂に一番近いこの奥武山で家族一緒に暮らすことにした。当分の間アメリカ軍の支給に頼りながら長堂に通い、家と砂糖キビ畑をなんとか再興しようということになったのだ。

テルマと邦人は身のまわりの品を整理したり、かつ収容所を移転するための正式の手続きを踏むなどの雑用を済ますため、一旦嘉手納の収容所に戻ることにした。テルマたちは翌日の昼前に軍用バスで嘉手納に戻った。

嘉手納の収容所に帰ってからテルマは直ちにロバートに感謝のお礼を述べた。ロバートはテルマが家族と再会出来たことを自分のことのように喜んでくれていた。

その際ロバートは、自分たちの所属する部隊は一週間後に国へ帰ることになったと語った。ホークたちも一緒に帰るらしい。

折から台風が接近しているらしく、沖縄の上空は陰惨な雨雲に被われていたし、風も少し強まってきていた。それでテルマと邦人はロバートたちが出発するまで一週間、奥武山への移転を伸ばすことにした。

果たしてその晩からスコールが降り始め、風も強くなった。台風は二日間荒れ狂った。だがアメリカ軍のテントは堅牢《けんろう》で、風には揺らいだが雨は通さなかった。それに『鉄の暴風』をくぐり抜けてきたテルマたちにとっては、むしろ本物の台風はどこか懐かしくさえあった。

雨が上がった日の朝のこと、収容所の小高い広場にホークと照屋さんたちが一本の柱を立て始めた。ホークの他にも二人ほどインディアンのような兵隊が手伝っている。四メートルはありそうな柱は電信柱ほどの太さで、何日も前から準備されてきたもののようだった。というのも柱の周囲に荒削りな凹凸が掘られ、そこに人の顔や鳥のような絵が極彩色にペインティングされていたからだった。

「あれはいったい何だ」

テルマは遠巻きに見物していた伊計の傍にいって聞いてみた。

「なんだかよく分からんが、ホークたちが何かの儀式をやるらしい」

伊計といっしょに作業を眺めていた比嘉が言った。

「たぶん、トーテム・ポールだと思う」

テルマの後ろから邦人が言った。トーテム・ポールならテルマも知っている。だがインディアンについてなら邦人の方が詳しいだろう。

「インディアンにとってトーテム・ポールは、自分たちの守護神を代表するものなんだ。だから多分、ホークたちは何かのお祈りをするつもりなんじゃないか」

邦人の話はテルマに、数日前にホークが言った、

「沖縄を去る前に悪霊を払う儀式をして行きたい」

という言葉を思い出させた。そこへロバートがやってきた。

「沖縄を離れるにあたってホークは、この地の未来が幸せになるように、祈りとオマージュを捧げたいと言っています」

その晩テルマは、野営テントの中で横になりながら伊計や比嘉、垣花たちと雑談にふけった。

「ホークはな。この前、沖縄を去る前にこの島の悪霊を払う儀式をして行きたいと言ってたんだ」

テルマが話すと、

「あのポールは、そのための物なのかな」

と垣花が応じた。

「それって沖縄はつまりは、悪霊に祟られて居たという訳なのか」

伊計が急に気づいたというように半身を起こして言った。すると比嘉が、

「悪霊とか怨霊というのは、つまりは過去に何か恨みを持って死んだ人間の霊が、その腹いせにたたりをするために現れるものだろう」

と横にした松葉づえに半身を預けながら言った。

皆は比嘉の言葉の続きを待った。

「たたりにしちゃこの戦争は、あんまりひどすぎないか。過去にどんな事があったにしても、これほどの恨みを受けるような事を沖縄の人間がやったことがあるとは、とてもぼくには考えられない。悪霊が生まれるとすれば、この戦争こそがそれこそ無数の悪霊を生み出したって何の不思議もない。それほどひどい戦争だった。お蔭で沖縄がめちゃめちゃに

破壊されてしまった」

言い終えてから比嘉は、口を空けたまま途方にくれたように目を泳がせた。

比嘉は南方でアフィーを失っていたし、教諭であるスーの生死も定かではない。場からは、いっとき言葉が消えた。だが比嘉に同情したからではない。伊計は家族全員を失っていたし、テルマもアフィーとアングヮー、そしてスーの生死も定かではない。

誰もがそれぞれ大きな犠牲を払い、かけがえのないものを失っていた。少ししてからテルマが思い出したように口を開いた。

「ロバートは、日本は沖縄を対等な同じ日本人だとは思っていないと言うんだ。だから仲間としてはとても一緒には組めないいんじゃないかとね」

「そう言われると確かに、いろいろ思い当たることはあるな。兵隊はもちろんだけど全体にヤマトンチュは、どこかウチナンチュを見下したようなところがある」

真っ先にそう応じたのは意外にも垣花だった。垣花は一番、本土の色に染まっていたと思われていた。

伊計がそれに続いた。

「確かにそうだ。だいたいこの戦争がそうだ。初めから沖縄も沖縄人も、どうなってもいいという戦い方だった。呉島の言うように沖縄は本当に本土を守るための、ただの捨て石だったんだ」

呉島の名前が出たのでテルマは、いっときしゅんとなった。それから言った。

「もう嫌だ。二度とこんな戦争は嫌だ。絶対に嫌だ」

だれもが同調して、何度も強く頷いた。


ホークたちの儀式が始まったのは、昼を少し過ぎてからだった。二人のインディアンの兵士とともに皆の前に現れたホークは、くちばしが前に突き出て鋭い目を持つ鳥の頭の形をしたかぶり物をつけていた。

かぶり物は白い鶏の毛に被われているのでたぶん白頭鷲のつもりなのだろう。ホークは上半身裸で、身体には赤と黄色と白と青色で、ペインティングがほどこされている。そして落下傘の布きれに色を塗ったものを風切り羽根のように細長く馬簾《ばれん》に切り裂いてこしらえた、弓型の大きな羽根の形をしたものを、左右の肩からそれぞれの両腕に装着していた。他に膝と腰、腕と肘の下に巻かれた布裂れには、たくさんの薬きょうがぶらぶらするように縫い付けてあった。

腕と肘に付けた薬きょうは動くたびにぶつかりあって、キャランキャランと鈴のような音をたてていた。

あとの二人は鳥の装束が間に合わなかったのか、それともそれはホークだけに許された装束であるのか、頭《かしら》や羽根は身に纏ってはいなかった。だがそれ以外は裸の上半身もペインテイングもほとんど同じで、一人は手に鳥の尾羽根を束ねたようなものを持っており、もう一人は竹でこしらえた縦笛を持っていた。

付近にいた収容所の人々はホークたちの珍妙な形《なり》をみて、いったい何事がはじまるのだろうかと興味津々といった顔で集まってきた。

やがてホークの仲間の一人が、いくつかの空き缶に色分けされて入っている砂で、地面に何かの図形のような砂絵を描き始めた。描きながら彼は時どき天を仰いでは、祈るようになにやらぶつぶつとつぶやいている様子だ。耳を澄ますと呟くというよりは歌っていると言った方が近い。

「ホークは、何をやろうとしているんでしょう」

テルマが横に立っているロバートに小声で尋ねた。

「宇宙と交信しながら、未来への祈りを捧げようとしているのです。ナバホの昔からの儀式のようです。間もなく、祈りの踊りが始まるでしょう」

以前にも見たことがあるような口ぶりで言った。

ロバートの言うように、間もなく三人の儀式が始まった。ホークは腰をかがめて翼を広げ、辺りを睥睨するように見回したり、時どき天をあおいだりしながら、もの悲しい縦笛の音にあわせて踊った。少しした頃、もの悲しい縦笛の音に、もうひとつの音が加わった。

いつの間にか照屋さんが群衆の中から現れて、三線をひいているのだった。照屋さんがうまく併せているためなのか、三線の音と縦笛の音はとてもよく調和して、耳に心地よい響きを残した。

「ミスタテルマ、もう戦争も終わったことだし間もなくお別れになるので、いつかの秘密を教えましょう」

ホークたちの踊りを眺めながらロバートが、テルマの耳元で囁くように言った。何のことだったろうかとテルマは、いっとき記憶をまさぐるような目をしてロバートを見やった。すると、

「イエロウ・ホークたちの軍隊での任務の事ですよ」

とロバートは、テルマの記憶を呼び覚ますように言った。その後に、どう説明しようかと迷うようにいっ時、間を置いた。やがて適切な言葉を探し終えたのか、おもむろに語りだした。

「ナバホたちは重要な秘密の情報を送ったり受けたりする、特殊な通信隊員なんですよ。アメリカではコード・トーカーと呼ばれているんですがね」

ロバートの言葉に、テルマの脳裏をふっと杉村少尉の姿がよぎった。少尉もやはり日本軍の重要な暗号を扱う情報将校だと言った。すると杉村少尉もホークと同じように、日本軍の『コード・トーカー』だったというのだろうか。

そのときテルマの心に漠然と沸き上がってきたのは、言い知れぬ隔たりの感覚だった。暗号を用いて軍事秘密の通信を行うものは、頭脳明晰で高度の訓練を受けた精鋭の兵士だというのがこれまでの自分たちの認識だった。それをアメリカ軍では、異文化の先住民族であるインディアンが担っていたというのだろうか。

その疑問はすぐに明らかになった。

「ナバホは各大隊に一人ぐらいずつ配属されています。それで重要な情報の交換を、お互いにナバホ語で話し合うのです。ナバホは全米でもわずか五万人ぐらいしかおりませんし、そのほとんどがアリゾナのナバホ・ネーションという保留地で暮らしています。したがってナバホ語は、ナバホ族以外は誰にも理解できません。しかもナバホ語には文字も記号も存在しませんから、解読される心配もないんです。もちろんアメリカ軍にはナバホ語以外にも暗号は沢山あるでしょうがね。ですがその中でもナバホ語は、特別に重要な通信を担っていたようです」

テルマは、あっと思った。それは何か意表を突いた、やられたという感覚に近かった。杉村少尉が何度も電波を傍受していたにも関わらず、さっぱりその意味を解読できないと嘆いていたのは、もしかしたらこのナバホ語での通信ではなかったのだろうか。

ロバートの言葉にテルマは、心の中の一つの塊りが氷解して行くような、ある種の感銘を覚えていた。

よくは分からないが、そのことは視野を異次元にむかって開けさせていくような、そんな新鮮な感覚をテルマにもたらした。

ロバートの言葉はさらに続いた。

「頭で考えて作った暗号は解読される危険が高いのです。そのうえ受信と解読、そして返信の暗号化に送信という面倒な作業が必要とされるにもかかわらず、内容はスリムでほんの要旨しか伝えることができません」

「それにくらべるとホークたちは、ナバホ語でたくさんのことを自由に詳しく語り合えるのです。あとは英語で報告するだけです」

ロバートは淡々と語ったが、その口調には華麗なマジックのトリックの種明かしをする人のような、一種の誇らしさが感じられた。

なんという単純で独創的で、しかも効果的な方法だろうか。テルマはそこにアメリカという国の発想の柔軟さと、懐の深さを垣間見たような気がした。それと同時に自分たちがこれまで教えられてきたこと。

竹槍を突く訓練だとか、「神国日本は決して敗れることはない」といった迷信。そして、「最後の一兵まで戦う」とか「生きて虜囚の辱めを受けず」などといった精神主義的な教え。そういった諸々のことが、いかに姑息で愚かしく、狂信的で視野の狭いものであったことか、という事に気がついた。すると身体の底の方から、むなしさとも悲しみともつかぬ遣るせ無いような思いがそくそくと湧き上がって来た。

「ホークたちは海兵隊の戦闘部隊に配属され、ガダルカナルやブーゲンビルやガム、硫黄島でも活躍しました。中でもホークはメディスンマン、つまりナバホ族のシャーマンなのです。軍はナバホ語だけではなく、かれのシャーマンとしての霊感も大切にしているんですよ」

☆

イエロウ・ホークたちの踊りはまだ続いていた。ホークはトーテム・ポールに結び付けたひもを片手で握って、ポールの周りを翼を広げてワシが飛ぶようなしぐさをしながらぐるぐる回っていた。収容所の沖縄人に交じって何人かのアメリカ兵もその踊りに見とれている。中にはカメラを構えている兵隊もいた。

戦場の野営の場で、このような異民族の慣習を行うことが許容されているのも、現代のアメリカの余裕とおおらかさだろうか。

ナバホをコードトーカーという重要な任務に就けているのは、アメリカ軍が彼らの力に一定の敬意を払っていることの現れのように、テルマには思えた。

杉村少尉はシャーマンではなかったが、ホークと同じようにやはり日本のコード・トーカーだったのだ。だがその置かれた環境のなんと悲愴なことだったろう。

胸のポケットに暗号表を縫いつけて、事あればいつでも爆死できるように、常に手りゅう弾を抱えての任務であった。

だが杉村少尉は聡明な人で、明らかに他の帝国軍人とは違う別の理想を持っていた。

その証拠にこの戦争にも大本営の作戦にも懐疑的な目を持っていたし、自分のようなまだ少年にすぎない沖縄人にも、親切で丁寧に接してくれた。

その時ふいにテルマの脳裏に、摩文仁の壕を出るときに杉村少尉の言った言葉が浮かんできた。

「テルマ、もし生き延びることが出来たなら、二度とこんな悲惨でばかげた戦争なんかしなくて済む日本をつくるために、頑張ってくれ」

あの言葉には少尉の願いがこめられていたのではなかっただろうか。少尉は自分の希望を自分にたくしたのだ。その杉村少尉はもはや生きてはいないだろう。いっときそんな考えにふけっていたとき、ふいにまたテルマの胸に熱い感情が込み上げてきて、涙があふれそうになった。

この数か月の間というものあまりに多くの人間の死に直面してきた。爆風で吹き飛ばされる仲間や銃弾に倒れる兵。飢えや疲労や渇きに行き倒れていく住民たち。数えきれない人間の死と向き合ってきた。

そのためいつの間にかテルマは、身体中の感覚がまひしてしまい、物事にあまり動じなくなっていたのだ。

だがいま頬を伝い落ちる熱い涙にテルマは、自分が少しずつ人間としての感覚を取り戻しつつあるのかも知れないと思った。

ロバートに涙を悟られまいとして手ぬぐいで汗をぬぐうふりをしていたテルマの耳に、その時人垣の中で怒鳴り声をあげている照屋さんの言葉が入ってきた。

「大本営の馬鹿ものたちが、戦争の終わらせ方も知らないで、もたもたと判断を遅らせているうちに、本土に新型爆弾を二発も落とされ、降伏間際にロシア人に千島を占領されてしまった。せめてあと半月早く、降伏すべきだった。まったく無能だったらないさー」

広島に想像を絶する破壊力を持つ新型爆弾を投下されながら、なおかつ戦況をよく理解し得ない大本営は、その後も無益な議論を続けていたらしかった。その間に長崎に第二の新型爆弾を投下されてしまったのだった。この頃にはアメリカ軍を通じて終戦間際の情報が、かなり正確にテルマたちの耳にも届くようになっていた。そうした情報を分析して照屋さんたちは怒っていたのだ。

気がつくと、いつの間にかホークたちの儀式は終わっていた。

悲しみ

ロバートとイエロー・ホークがアメリカに発ったのは、ホークたちの儀式があってから三日ほど後の晴れた朝のことだった。キャンプからはトラックで北谷《ちゃたん》の港まで行き、そこからボートで沖合の輸送船まで行くということだった。

テルマは弟の邦人や垣花、伊計など大勢の友人と共に北谷に出発するトラックを見送った。テルマたちの他にも大勢の沖縄人が、見送りのためにトラックの隊列と並行して列を作っていた。

「ホーク、わし、友だち。イチャリバチョーデー（出会えば皆兄弟）」

照屋さんがホークと片手で握手しながら、親指を立てたもう一方の手で自分とホークの胸を交互につつきながら大声で叫んでいる。

中にはハンカチを目にあてがいながら、若いアメリカ兵との別れを悲しむ女性の姿も少なくなかった。

出発の直前にホークは、テルマに「ナバホの羽」だと言って一本のタカの羽根をくれた。それは先端の黒い部分に白い斑点がついた美しい風切り羽で、根元の芯のところには、彩色した組みひもが巧緻な紋様をみせて巻きつけてあった。

「ナバホのメディスンマン（呪術師）が、お祈りをする時に使う大切なものだ。これからの君の、お守りにするとよいとホークは言っている」

ロバートはそう通訳してくれた。それからロバートは、

「ぼくもお守りをあげよう」

と言ってポケットから一本の鍵を取り出した。それは上の取っ手の部分が車輪の形をした美しい鍵だった。

「これはナポレオン時代の鍵で、愛好家が喉から手が出るほど欲しがるものです。手放すのは惜しいんだが、君と沖縄の人たちに対するぼくの気持ちだと思って受け取って下さい」

ロバートは本当に大切なものを渡すように、両の手で包んで鍵を伸べてくれた。その仕草に何かこの戦争に対する日系二世の複雑な気持が籠められているような気がして、テルマはロバートの真心を受け取るように、自分でも合わせた両の手を広げて、丁重にそれを受け取った。そのときロバートは、

「きみのファザーは、小禄飛行場の海軍部隊に居たんでしたね」

と気の毒そうに言った。何かを伝えようとしていた。

「ぼくの傍受した電文のなかに、こんなのがありました。小禄で闘った日本の大田というメジャー・ゼネラルが、日本本土のネェブイ本部に送ったものです。日本のゼネラルが沖縄の住民について述べているものはきわめて珍しいので、何かの参考になるかもしれないと思い、ぼくなりに分かりやすくメモしてみました」

ロバートは持っていた革製の書類入れの中から、おもむろに自筆で書いた一枚の紙を取り出すと、折りたたんでテルマの胸のポケットに押し込んだ。

「あとでゆっくり読んでみるといいです」

テルマは電文なんかの事より、もう聴くこともないであろうロバートの次の言葉が待ち遠しく、黙って突っ立っていた。ロバートは最後の別れのことばを捜すような目をしていっとき口を閉じていたが、テルマたちの顔を順に見回しながらゆっくりと口を開いた。

「この戦争でオキナワの人たちは言葉に尽くせないほどの辛酸をなめ、そして大きな犠牲を払いました。将来の日本政府が今の政府のように愚かでなければ、平和のために沖縄の人たちの経験はきっと生かされるでしょう。きみたちが力をあわせて平和で幸せな沖縄を作れるように祈っています」

やがて先頭のトラックが走り出した。そして次々に後続が動き出した。沖縄の人たちはアメリカ軍に対していろいろ複雑な気持ちを抱きながらも一方で、漠然とした感謝の気持ちも抱いていた。アメリカは沖縄をめちゃめちゃに破壊したが、とにもかくにもこの戦争に決着をつけて、皇民思想でがんじがらめになっていた思考から、自分たちを解き放してくれた。

戦った相手ではあったが、収容所の生活の中ではテルマとロバートやホークのように、個人的にアメリカ人との間にそれぞれの親交も生まれていた。そうしたところから敵対した相手であっても、一人一人の人間としては、別れがたい惜別の気持ちを抱いているのだった。中でも目立ったのはアメリカ兵にすがりついて泣きじゃくっている若い女性たちだった。収容所の中では沖縄の若い女性とアメリカ兵との間に、多くの恋愛が生まれていたのだ。

十何台目かにロバートとホークの乗ったトラックが動き出した。

「グッバイ」

「さようなら」

さまざまな声が群衆の中に掻き消えていった。道はすでにアメリカ軍の重機によって立派に整備されていたので、兵隊たちが乗っているトラックは、ほとんど揺れることはなかった。

「イチマディン長生きシミソーリョー」

「今度は戦場でないところで会おう」

誰かが誰かに叫んでいた。アメリカ軍を見送る人垣は、しばらくは名残りが尽きないように動かなかった。

☆

沖縄諮詢会の名前でテルマたちにスー(父)の死の知らせが届いたのは九月の半ばのことだった。

小禄での海軍の戦いはほぼ全滅に近く、残っている人は少ないと聴いては居た。それに生きていれば何らかの連絡がこないはずはないし、第一テルマたちの耳に情報が届かないはずはないと思って諦めていたのだった。だがあらためて死が報告されるとやはり悲しく、テルマの家族は全員が泣いた。

諮詢会というのは沖縄に新しい行政機関をつくるための準備機関のようなもので、アメリカ軍に招集された住民の代表者によって設立されていた。

その日の午後、気晴らしもかねてテルマと邦人は長堂の自分たちの家に行った。長堂家の生家は爆風によって上半分ぐらいが吹き飛んでいたが、塀の石垣と家の土台の石垣はそのまま残っていた。それにヒヌカン(居間兼台所)の柱の主要なところが残っていたので、補修をして屋根をかければとりあえずは何とか住めそうだった。家の周囲のフクギはあらから吹っ飛んでいたが家の前にあるガジュマルの樹が無傷で聳えていたのが嬉しかった。

テルマの一家は晴れた日は家へ来て、破壊された家の片付けをやったり自分たちで可能な補修をやったりした。だが収容所に居た人たちの中には、自分の土地にアメリカ軍が居座っているため、行く先を失った人たちが大勢居た。現に普天間のいとこたちがそうだった。

「この間、家の近くまで行ってみたら辺り一帯に鉄条網が張り巡らされて、近づくことが出来なかった。わしらの土地をブルトーザーが走り回って勝手に造成しているんだ。戦争が終わったというのに、アメリカは何だってあんなことをやっているんだろう」

普天間の婆ちゃんが途方にくれたように言った。普天間のいとこたちの家や畑は、宜野湾の鉄条網の中にあった。

収容所の中ではまた、牧港出身だという別の人が、

「おれの土地がアメリカに奪われた、鉄条網が張られて中に入れないんだ。戦争が終わればさっさと国に帰るだろうと思っていたのに、どうもアメリカは、あのまま居座るような様子なんだ」

とやはり悲愴な表情を浮かべて言った。

母は普天間の婆ちゃんに言った。

「アメリカも、まさか永遠に沖縄に居座るつもりじゃないでしょう。家や畑が戻ってくるまで、うちで一緒に暮らしたらいいさあ」

普天間の婆ちゃんは幾らか安心したようだった。

戦争はこの沖縄で二十三万人以上の犠牲者を出した。日本で下から四番目に小さな県で、しかも周囲が海で他に逃げようもない島で、太平洋戦争の中でも屈指の激戦が展開されたのだ。テルマたちの家族からも父と兄と姉の命を奪った。家も畑も牛もサーター屋も何もかにも破壊し尽くした。テルマの家族だけではなく、全ての沖縄人が命も暮らしも根こそぎ犠牲にしなければならなかった。いったい何のためになのか、誰のためになのか、テルマにはいまだによく分からない。

ただ戦争というものが想像を絶するほど残酷で悲惨で、途方もなく愚かしいものだということだけは、今では全身全霊に沁みとおって分かっている。

「このスコールの時期が過ぎると、サトウキビの穂が出そろう頃になるなあ、兄ちゃん」

邦人が、焼き払われて砲弾の穴だらけになった家の前のサトウキビ畑を眺めながら、途方に暮れたように言った。

「ああ、おれとおまえとで、また元の立派なサトウキビ畑にしようぜ」

テルマの瞼の裏側には、豊作を祝ってパーランクーを打ち鳴らしながらカチャーシーを踊る人々の姿と、つい一年前のあの青々としたサトウキビ畑が広がっていた。

ふとテルマは、胸のポケットに折りたたんだ紙が入っていることに気が付いた。取り出してから涼しい木陰をつくっているガジュマルの木の下に腰を下ろした。

「なんだ、兄ちゃん」

「ロバートがアメリカに発つ直前にくれたものだ。すっかり忘れていたよ。なんでも小禄の海軍大将が、司令部へ打電した電報らしい」

　テルマは邦人にも知らせるつもりで紙片を開き、声に出して読んでみた。

☆

『オキナワの状況については本来、県知事から報告されるべきですが、県にはもう通信する手段がなく、また三十二軍の司令部にもその余裕がなさそうなので、とくに知事のヨウセイを受けたわけではありませんが、現状をこのままただ見過ごしにするのはたえがたく、ホンカンがかわって報告いたします。

　沖縄に敵が攻めてきてから、陸、海、空ともにけんめいに戦っておりますが、ホンカンの知るかぎりでは、オキナワケンミンは青年と壮年のすべてをボウエイショウシュウにささげ、残された年寄りと子ども、婦人だけが相次ぐホウバクゲキで家も財産もすべて焼きつくされ、軍の作戦のじゃまにならない場所の小さなボウクウゴウに身を寄せています。ボウクウゴウのみつからないものはバクゲキと雨風にさらされながら、苦しい状況にたえております。そんな中でもなお婦人は、軍のマカナイやフショウヘイのカイゴ、ホウダン運びまでして身をささげております。

中には斬り込み隊への参加すら申し出る婦人さえおります。敵が押し寄せれば、老人と子どもは殺され、婦人はさらわれてそのドクガにかけられるからと、親子が生き別れ（自決のことと思う）、娘を軍の門前に置き去りにしていく者さえおります。現地のカンゴフにいたっては軍の移動にともなってエイセイヘイも居なくなっているのに、身寄りのないジュウショウシャの看護のために、居残っている者もおります。

これらは一時的な感情によるものではありません。また軍が作戦のヘンコウによって大移動するサイには、ユソウリョクも食りょうもない中を、モクモクと雨の中を移動しております。軍が沖縄にシンチュウしていらい、物資の供給やキンロウホウシなどカコクな要求をされながらも、ゴホウコウの一念を胸に、身をテイして軍とともに戦ってまいりました。しかしいまやオキナワはショウドとなり、食りょうもこの六月で底をつく見通しとなりました。

本セントウの最後まで、オキナワケンミンはまことに献身的に戦いました。このタダイな功せきを認め、後世オキナワケンミンに対し、特別の御配りょを下さいますよう、セツに訴えるものであります。

カイグン少将、オオタミノル』

電文を読み終えて隣を見ると、邦人が膝に乗せた両腕の中に顔をうずめたまま肩を震わせていた。

ふっとテルマの脳裏に、慣れない小銃をもって岩陰にひそむスーの姿がイメージされた。スーの最後はどのようだったのだろうか。砲弾によって木端微塵になったのか、それとも銃剣をかき抱いて敵の面前に突撃していって、息絶えたのだろうか。
だがそのいずれも、温厚だったスーのイメージとは重ならなかった。

〈完〉

初出　「しんぶん赤旗」二〇一六年七月二十二日～十二月三十一日連載

【参考文献】

大田昌秀編著『これが沖縄戦だ』（那覇出版社）
大田昌秀『沖縄のこころ――沖縄戦と私』（岩波新書）
『沖縄戦記録（別冊歴史読本）』（新人物往来社）
田村洋三『ざわわざわわの沖縄戦』（光人社）
吉田健正『沖縄戦・米兵は何を見たか』（彩流社）
謝花直美『証言沖縄「集団自決」』（岩波新書）
香川京子『ひめゆりたちの祈り（沖縄のメッセージ）』（朝日新聞社）
『わたしの沖縄戦①～④』（新日本出版社）
中江進市郎『僕は少年通信兵だった』（光人社NF文庫）
千坂精一『特攻基地の少年兵』（光人社）
『別冊1億人の昭和史・日本陸軍史』（毎日新聞社）
『図説・日本海軍』（河出書房新社）
『秘録大東亜戦史・原爆国内篇』（富士書苑）
『証言記録・兵士たちの戦争④』（ＮＨＫ出版）
長谷川慶太朗『情報戦の敗北』（ＰＨＰ文庫）
『丸一電波戦のすべて』（通巻６０４号、潮書房）
『太平洋戦争』（洋泉社）
田村洋三『特攻に殉ず』（中央公論社）
三枝成彰、堀紘一『特攻とは何だったのか』（ＰＨＰ）
畠山清行・保坂正康『秘録・陸軍中野学校』（新潮文庫）
『平和学習に役立つ戦跡ガイド③オキナワ』（汐文社）

『沖縄まるごと大百科①～④』（ポプラ社）
外間守善『沖縄の歴史と文化』（中公新書）
筑紫哲也・照屋林助『沖縄がすべて』（河出書房新書）
日本共産党国会議員団編『沖縄の米軍基地』（新日本出版社）
佐藤優『佐藤優の沖縄評論』（光文社）
高木凛『沖縄独立を夢見た伝説の女傑、照屋敏子』（小学館）
奥野修司『ナツ子――沖縄密貿易の女王』（文春文庫）
河合隼雄『ナバホへの旅・たましいの風景』（朝日新聞社）

野里征彦（のざと　いくひこ）
1944年生まれ。陸前高田市出身、大船渡市在住。
映画少年から水産会社勤務、政党専従などを経て作家活動に。民主主義文学会会員。「麺麭」同人。著書に『カシオペアの風』『いさり場の女』『罹災の光景――三陸住民震災日誌』『こつなぎ物語』（第一～三部）『渚でスローワルツを』など。

ガジュマルの樹《き》の下《した》で

二〇一七年三月一九日　第一版発行

著　者　野里征彦
発行者　比留川洋
発行所　本の泉社
〒113-0033
東京都文京区本郷二・二五・六
Tel 03（5800）8494
FAX 03（5800）5353
印刷／製本　新日本印刷（株）

ISBN 978-4-7807-1608-5 C0093 Printed in Japan